小説における反復

∞

坂井真弥

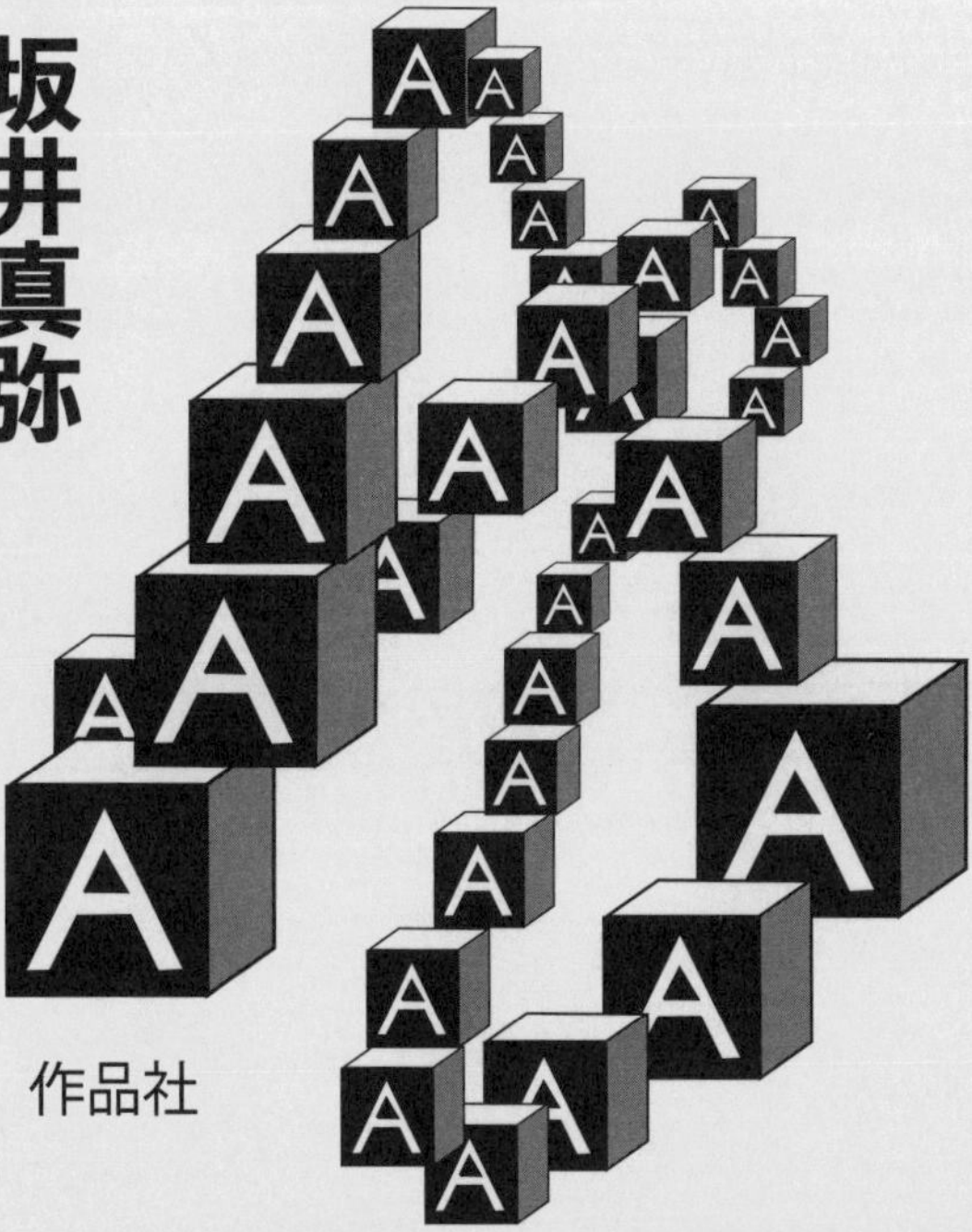

作品社

小説における反復／もくじ

小説における反復

針鼠

木沢哲生は満七十五歳、幸い病院通いしないで過ごしているが、あの世へいく日もそう遠くないだろう。

ときどき神のことを考えるようになった。以前から神の存在は疑っていた。この世にはもちろんのこと、あの世にも神はいないだろう、という気がしている。

それは、おそらく哲生の少年期に勃発した戦争が影響しているだろう。あの時代、日本は神国と喧伝され、天皇陛下は神様であった。ところが神風は襲来せず敗戦を迎えた。以来、彼は神に対して不信を抱きつづけてきた。しかし、そんな自分の態度が頑なで偏っていたことも今はよく分かっている。

実のところ、このごろは心のどこかで、神は存在していてほしいな、と願うようになってきているのである。

最近、たまたまキルケゴールの著作を手にとる機会があり、読み返してみた。そして、若いころ難しくてよく解らなかったこの哲学者の、神への信仰の徹底ぶりには今さらながら感嘆せずにいられなかった。けれども、「罪の赦し」とか「永遠の浄福」とか「霊魂の不滅」とかの文字を目にすると、やはり違和感があり、どうもしっくりこなかった。

先日のこと、哲生は鹿児島出身の友人から、江戸末期のころに発生した「かくれ念仏」の話を聞いた。過酷な労働で心身ともに疲弊した極貧の人たちが、いつしか夜中人里離れた山奥の洞窟に寄り集まり、浄土真宗の御法《みのり》を歓ぶようになる。あらゆる刑罰は覚悟の上、こうしたかくれ門徒たちは燎原の火のごとく燃え広がっていった。……

もし同じ境遇の身であったら、哲生も洞窟へ出かけたにちがいなかった。ひたすら「南無阿弥陀仏」の念仏を唱えるだけで人はみな等しく救われる。そういえば哲生自身、われ知らず両の手指を組んで天に祈っていた時期があったことに思い当たった。

四十五年も前のこと、哲生は学海社に中途入社して三年近く、本の歩合制セールスマンとして都内や首都圏を訪ね回っていた。これまでの人生を顧みても、あれほど死に物狂いで生きた日々はなかったろう。彼の脳裡に、当時のあれこれのシーンが去来しはじめた。体じゅうが緊張し、危機感さえ甦った。そのうちに、失恋してしまった赤峰麻子と、その後に出会った大須賀一三というセールスマンが彷彿としてきた。……

哲生は赤峰と大須賀のこの二人について、前から奇妙に思っていることがあった。赤峰と大須賀は、一度も顔を合わせたことがない、まったくの他人である。ところが哲生は、四十五年たった今でも、この二人がどこかで繋がっているような気がするのである。

むろん哲生はこの二人を知っていて、だから哲生のなかに二人の接点がある。二人は哲生を仲介して繋がってはいる。しかし、そんなことは哲生が知っている人すべてに当てはまるのであり、通常、そのような人間関係をことさら繋がっているとはみないだろう。

これまでにも二人を想起するたびに比較し、照合してみたりしたが、どこにも共通点を見出せなかった。もともと性別も年齢も職業も性格も違う。顔形、言葉づかい、身ぶり、動作等々、まるで似ていない。

二人は無関係なはずである。だのに、何故なのか、この二人はどこかで繋がっている、なにか相通じているところがあると思われてならない。

毎朝、哲生は出社するとすぐ本が詰め込んである大ぶりの手提鞄を両手に下げてセールスに出かけた。外を歩いていると、大気汚染がひどいせいか、よく目が染みて涙っぽくなり、咽喉がヒリヒリしたり、鼻がツンと痛くなったりした。冬でも汗ばんでくる。首のまわりを拭った白いハンカチは黒く汚れた。ときどき広漠とした、やるせない感情に襲われた。

満で三十歳。やるせなさのなかには、鬱陶しいような欲情が混じっている。ときどき、今、自分がしなければならないのは、こんなにして重い手提鞄を両手に下げ歩いていることではない、との痛切な思いが募ってきた。もう結婚しなくてはいけないのだ。一年ごとに契約更改があり、そのたび解雇に怯えてきた。先行きあやふやな学海社の仕事に励むより、一生を共にする結婚相手を見つけることのほうがよほど人生の大事にちがいなかった。

そんなとき、ある人から赤峰麻子を紹介された。哲生は一目で彼女に魅かれたのだった。最初のデートは、新宿駅前の中央通りに面している喫茶店「風月堂」で会い、夕方六時から一時間ほど話し合った。哲生よりも二つ年上、クリスチャン系の女子大学文学部の出身だが、建築設計事務所に勤めている。

哲生はにわかに生き生きしはじめた。活力が湧いてきた。現在の彼の窮迫した状況を一挙に覆してくれそうな強い活力だった。

彼女との間が深まり、さらに結婚へゴールインできたなら、まったく新たな道が展けるにちがいない。学海社を辞める、辞めないなど、二の次の問題であった。

一週間後、哲生は赤峰麻子と二回目のデートをした。彼女が指定した喫茶店「ロン」は、四ツ谷駅から新宿通りを歩いていくと、すぐ見つかった。近くに彼女の勤める建築設計事務所がある。約束の午後七時きっかりに赤峰は駆けこんできた。髪を短めにカットし、薄化粧して唇には濃いルージュをひいている。目をキラキラ輝かせながら、さし向かいの席に着いた。

「この前のとき、わたし、少しはしゃぎすぎてなかったかしら。いつも初対面の人には、かまえてしまうの。いきなりセックスの話、しませんでした？　不謹慎だったわ。強がってみせようとするの。本当はね、宗教的な家庭環境で育ったから、男と女のこと、あまり触れずにきたの。それに、大学を出て、ふつうの女性が結婚を考える時期に、建築設計事務所へ入りデッチ奉公して叩き上げてきたから、結婚が遅れてしまったのよ」

「別に、遅れたとか思いませんけど」

「焦ってないといえば嘘になるわ。でも、年をとるほど変な意地がはたらいて、ガードは固くなるものなの。いろいろの男性とお付合いしてきたのは事実よ。そのたび、この人じゃない、違うなって、どうしても踏みきれなかったの」

「早々と折れてしまう女性には、こちらがガッカリさせられます」

赤峰は声を立てて笑った。そして、

「今度ね、わたしのマンションにきてみて。弟を紹介するわ。夕食は、わたしが腕によりをかけて作る。原宿の駅まで、わたしのおんぼろ車でお迎えにいきます」

「ええ。では、僕のアパートにもお出かけください。千駄ヶ谷だから、近いじゃないですか」

赤峰はこっくり肯いた。

ウェートレスがコーヒーを運んできた。二人はコーヒーを飲みはじめ、いっとき会話が途切れ

た。やがて、

「今、木沢さんは、なにか問題を抱えていらっしゃる？」と赤峰が聞いた。

「やっぱり職場のことかな」

哲生は「歩合制セールス」で収入が不安定なこと、労働組合に助けてもらわなくてはならないことなど、わりに詳しく話した。

「わたし、セールスには好意的よ。なんの宗教でも、布教活動します。人を信仰の道へと導き入れなくてはならないでしょ」

「自分一人では解決できない問題があるのですね。どうしても他人に、しかも一人や二人ではない他人に助けてもらわなくてはならない場合、困り果ててしまいます」と哲生は話しはじめた。

「一人でも容易なことじゃないのです。一体、彼はどういう人なのか？　結婚の相手を選ぶときもそうでしょう。相手のことをよく知らなくてはなりません。しかし知るといっても、かぎりがあるわけでないし、じゃどこまで？　となるでしょう。そのどこまで？　がまた必ずしも自分の判断ではなく、今の僕の問題ではまわりの状況によって否応なく打ち切らなくてはならない場合も少なくないのですね。一定の基準があれば、一人一人を取捨選択していくことができて、先へ進めます。ところが、今の僕の問題では、そんな基準もないため、収拾がつかなくなります。そうすると、頭が破裂しそうになって、それで僕はもう、結局のところ、なにもしないでいるのです」

「よく分かりませんけど」と赤峰は所在なげに手の甲を交互になでさすりながら「なにもしないでいては、解決もないのでは？」

「そんな不安もあるのです。自分はこうでしかありえない、ところが自分以外のどこかではなにかが進行しているでしょうからね。たしかに、なにもしないでいては、その進行を阻むことができません」

「公私の区別はつけていらっしゃるのでしょう？」と赤峰はいくぶん興ざめした顔をみせながら言った。「会社の命令には従わなくてはならないでしょうけど、でも会社員ならだれだってそう。仕事で精一杯、という男は、要するに、仕事に負けていることにならない？　女性とか家庭とかにまで頭がまわらないのは、その人に能力が――といって悪ければ、フレキシビリティがないからじゃない？」

　哲生は赤峰のこの反問にズレを感じた。彼女にそんなふうに受けとられていると知ると、ちぐはぐな気分になってきた。やはり彼が陥っている現在の状況はすぐには分かってもらえないなと危惧を覚えた。

　話題はいつしかグルメや観劇や旅行に移っていた。哲生は辛くなってきた。赤峰になんとか応えようと努めたが、口がうまく開かなかった。

「……この前、建築家のドローイングのこと、お話ししたでしょ。ドローイングのためのドローイングはとても面白いけど、でもやっぱり実物もじっくり眺めてみたいじゃない」そして赤峰は、世界各地に現存する歴史的な建築作品の名を次々にあげて「まず来年はイタリアへ行ってみたいと思っているの」と言った。

「いいですね」哲生は相づちを打ったが、口元がこわばった。今の彼の生活からは、まるでかけ離れている話だった。

やがて赤峰は、哲生の沈みがちな様子に気づいて口をつぐんだ。

ばつの悪い沈黙が続いた。とうとう、「今夜は、このへんにしましょ」と赤峰は立ちあがった。「ええ」と哲生は肯き、腕時計をみると九時近くだった。

「でも木沢さん、女性にはもっと歓心を買うようにしないといけないのじゃない？　結婚してからは、どうにでもなるのだから」と、赤峰は強いて笑顔をつくりながら「わたしだって、たとえばですけど、いいお店知っているから行ってみないとか誘われれば、嬉しいわよ」

「ロン」を出ると、「駐車場に車をとりにいくから待ってて」と言って赤峰は姿を消した。この時間、ほとんどの店は閉まり、街灯の青白い光だけが舗道を照らしだしていた。まったく人けがなく、うら寂しいほどだった。ときおり舗道に沿っている都電通りを車がビューッと飛ぶように走りすぎた。まもなく赤峰の運転するスバルが哲生の近くで止まった。

「千駄ヶ谷の駅までお送りすればいいんだけど、わたし、まだこれから行くところがあるの」

すぐ四ツ谷駅前に着いた。哲生が降りると、赤峰も車から出てきた。「どうも有難うございました」と哲生は一礼して赤峰と別れた。

駅の構内に入る前に、振りかえると、赤峰はまだ立っていた。哲生は一たん階段を下りていったが、なんとなく気になり途中でひっ返して、赤峰のほうへ目をやった。

するとと赤峰はまだ同じ位置に立っていた。なにをしているんだろう？　と哲生は不審に思い、柱の陰に入り見ていると、やがて彼女は片手をあげ、振りながら駆けだした。その方向に恰幅のいい四十代半ばの男が腕をひろげて待っていた。二人が抱き合ったとき、哲生は耐えられずに目をそむけた。二人の乗ったスバルが走り去ってからも、彼は脚から力が抜けてしまっていて、すぐには歩きだせなかった。


三回目のデートのとき、赤峰は哲生を原宿にある彼女の2LDKのマンションまで連れていった。先日の夜、彼女が待ち合わせていた男のことは、かえって哲生の恋情を募らせていた。が、口にするととり乱してしまいそうで、つい訊きそびれた。マンションに同居している弟が四畳半の洋間から出てきて「姉のこと、よろしくお願いします」と挨拶した。

だのに、その帰り、哲生は赤峰から交際を打ち切られてしまったのである。

以来、哲生は赤峰に会っていない。

当初、哲生にはなにがなんだかわけが分からなかった。忘れようと努めてもなかなか忘れられなかった。外を歩いているとき、ふと気づくと、熱病のような恋情を覚えていた。胸中のどこかに喪失感が潜んでいて疼いた。そして夜となく昼となく赤峰の姿が脳裡に去来した。

ゆとりのなかった悔しさが甦ってくる。ゆとりがあれば、赤峰との付き合いはうまくいき、失恋しなかったかもしれない。日々追われる状況に陥っていて、赤峰に集中できなかった。たぶん彼女は、どこか中途はんぱでちぐはぐな、真剣味がないようにみえる彼の態度に苛立っていたのだろう。

三か月が過ぎた。そろそろ赤峰のことは忘れてもいいころだった。哲生は前にも何回か失恋を経験している。そのたびにきれいさっぱり諦めてきた。赤峰は別格で、それまで付き合ってきた女性とは違うというわけでもなかった。ところが今回は、どうも成行きが変なぐあいであった。彼女は彼の裡から退いていかない。彼自身、このことは訝しくさえ思った。

異性への欲求が齢をとるにつれしつこくなってきたのであろうか？　いや、どうもそのようなことではなさそうだった。今は失恋に嘆き悲しんでばかりいられず、一日も早くその痛手から逃れたかった。ときには赤峰を煩わしいとすら感じた。にもかかわらず赤峰の姿がくり返し彼の脳裡に現われてくる。この奇異な執着はなんだろう？　執着するというよりはなにものかに執着させられているかのような。そこにはまだ根深い、彼のうかがい知れない要因が潜んでいる気もしていた。

こんなとき、哲生は大須賀一三に出会ったのである。

六月のある雨の日、哲生は国電東中野駅で下車、H高校は受付で断わられ、次のN第十中学校へ向かう途中、道に迷ってしまった。人家の軒下に入って手提鞄とコウモリ傘を置き、都内地図をひろげて確かめた。

やっとN第十中学校にたどり着いた。受付の窓口のわきに『本校と取引きのある商人以外の方の商用はご遠慮願います。校長』という貼り紙がしてあった。よくある貼り紙だが、用件を伝えると、意外にもあっさり通してくれた。『来賓用』の下駄箱を開け、スリッパを取りだしてから靴をぬぐ。ちょうど休み時間で、職員室には五、六人の教師がもどってきていた。

英語の女教師の席で外来の客らしい男が立ったまま熱心に話しこんでいる。麻らしい萌黄色のスーツを着た、背の高い五十すぎの紳士で、哲生は一目見た瞬間、なにかしら風変わりな印象を受けた。始業のベルが鳴り、女教師は席から立ちあがった。哲生はあわてて駆け寄り、名刺と『オックスフォード百科事典』のパンフレットを手渡した。

「あら、ごめんなさい」パンフレットを開けて見てから女教師は言った。「次の休み時間まで待ってくださる？　一つお願いがあるの。カンバセーションの先生、外国人の方をご紹介していただけませんか？」

「はい」と哲生は威勢よく返事した。

こんな依頼は初めてだった。学海社の国際出版部にいる米人に聞いてみよう、と思った。

女教師が職員室から急ぎ足に出ていってしまうと、例の男が「あなた、待つのでしょう？」と哲生に声をかけてきた。「じゃ、ちょっと話しませんか」

男は哲生の返事も聞かずに職員室から廊下へ出た。やむをえず哲生はついていった。すぐ空きの教室があり、男は入っていき、窓辺近くの机の前にある腰掛に座って「あなたもお掛けなさい」と木製の腰掛を押してよこした。「こんな雨の日は、無理せずともいいでしょう」

哲生は座る前に一礼して、名刺をさし出した。男は名刺に目をやりながら、

「ほう。ご本のセールスですね。パンフレットはお持ちですか」

哲生は手提鞄のなかからパンフレットをとり出して手渡した。

「こりゃいい。デラクスですな」男は感心してみせ、パンフレットをゆっくりめくりながら、「わたし、名刺持ってません。気を悪くなさらないでくださいよ」

「ええ」と哲生はあいまいに肯いた。名刺をくれないことにはこだわらなかったが、ただ男が本のセールスマンかどうか、ちょっと知りたい気はした。

男の喜色をおびた目が、哲生をじっと見据えている。

「お名前も聞かせていただけないのですか」と哲生は笑顔で言って返した。

男は背広の内ポケットから万年筆と手帳をとり出した。そして手帳に書きつけびりっと破いて哲生へさし出した。「大須賀一三」という名前だった。

哲生が腰掛に座ると、

「わたしはね、お客に警戒されたり嫌われたりするたぐいのことを好みませんよ」と大須賀は目をしばたたかせながら話しはじめた。

「たとえばですね、街頭展示のようにお客のほうから寄ってきてくださるにしても、こちらは待っていなければなりません。ところが、わたしはお客に心待ちに待たれたいのですよ。わたしがお客を訪ねていくのではなくて、お客がわたしを訪ねてくるようにしたい。お客をですね、そこまで熱心にさせることができないようでは、わたしのセールスは失敗なんです」

「今もセールスなさっているのですか？」

「これでも現役ですよ。若いころのようにエネルギッシュにゃやれませんがね。それに、わたしにはかねがねセールスマンとしての夢が一つあったのでして。ほかでもない、それは外を歩かなくて、椅子にふんぞり返ったままセールスしたいってことでした。夢は実現したのでしてね。絨毯を敷きつめた広いスペースの個室には、マホガニーの机、応接セット、壁面の本棚、ピアノ、――ピアノを弾いてくれる女秘書が一人いますよ」

「なぜ外を歩かれなくなったのですか？」

「なぜ？　そりゃ外を歩きまわりすぎたからでしょうよ。そう、それで知ったんです。人間やたら動きまわるだけが能じゃない、と。なべて能あるセールスマンは労力の節約にしごく神経質なんです。わたしの場合、お客のリストをうまくキープしサイクリングさせていけばいい、それはデスクワークとテレフォンで十分できます。実際、アメリカにはそんなセールスマンがざらにいる。そのかわりテレフォンは重宝してくるんです。わたしは、どちらかといえば目より耳を上位においてます。ある文学者は言ってますよ。人は目より耳を通して神に近づく、とね。わたしの場合、商品を売ろうとするとき、その相手の人には余分なものがくっつきすぎているんです。目ざわりになっていけませんや。ところが耳だけでその人を判断できるなら、それにこしたことはないじゃありませんか。第一、手間や時間がはぶけます」

「では、今日ここへは、なにしに来られたのですか？」

「わたし、教育には格別の関心がありますのでね。ははは。いや、実は今でもときたま飛込みするんです。わざわざ冷たい仕打ちを受けに出かける。錆つかないように。『使う鍵はいつも光っている』ですよ。……しかし、わたしがとりわけ飛込み訪問を好むのはですね、そりゃいつでも、どこでも、どんなふうにでも自由にできるばかりでなく、お客は数かぎりないんだと改めて思わせてくれるからだ。エンドレスなんです。嫌いなお客はどんどん切り捨てていく快感を味わいながら、好きなお客だけを選んでいく。この場合、タネ切れには決してならないという点が、わたしにはたいそう気に入っている。ところで、あなたの『オックスフォード百科事典』は売れてますか？」

「ええ……」と、哲生は首をかしげた。

「ははは。売らなくては、売らなくては、では売れませんよ。もしかすると、売れないのはあなたがダメなんじゃなく、あなたの手がけている商品のせいかもしれないしね。わたしのところでは、売れなくても、その間、あなたが食えるくらいの面倒はみてあげますがね。わたしはセールスマンだが、またセールスマンを雇ってもいます。雇っているといってはおこがましい、みんな気のいい友人仲間ですよ」

と大須賀は一つ大きく肯いて、

「百科事典はわたしも手がけたことあります。しかし、概して本は中途はんぱな商品ですな。というのも、同じ本をまた買ってくれる人はいませんからね。つまり切れ目なく続かない。だから、わたしは早々と本には見切りをつけた。同一であってくり返し取引できる商品を選んだのですよ」

「あの失礼ですが」と哲生はおそるおそるたずねた。「本当のところ、大須賀さんは僕にどんなご用があるのですか？」

「能あるセールスマンを探しているんです」

「その商品とは、……つまり大須賀さんは、なにを売っていらっしゃるのですか？」

「そう、同一であってくり返し取引できる商品をです。とかくセールスマンは契約の成立をもって終わりとしたがるが、もったいないことだ。セールスを長年やっている人たちはね、必ずといっていいほど『では一体、どんな商品を売ればいいのか？』と自問するときがくるんです。この迷いは当然の帰結でして、でもそれは彼らがなんでも手がけるだけの腕をもったからではない。これは奇妙な心理なのだが、彼らは自分の扱っている以外の商品を売ってみたいという欲求に駆られることがある。能あるセールスマンならですよ、いずれこう結論するようになる、——セールスとは、お客が欲しがっている商品を売ることである、と。言いかえるならば、必ずしも自分が目下手がけている商品を売ることではないんだ、と。どうです。地の果てまでいったか、という結論だとはお思いになりませんか？　なるほど、そうすれば当然お客からの抵抗はぐんと減るし、買ってくれるお客の数もはるかに増えるでしょう。そのかわりセールスマンは自分の商品を変えなくちゃならなくなる。こうして、しだいに商品自体がクローズアップされてくるんです」

ここで大須賀はふいと眉間に皺をよせ、いくぶん辛気くさい表情をみせながら、

「セールスマン自身、なにを売るかという選択は、こりゃ重大事なんだが、まさしくその問題をだ、わたしは長年にわたって考えてきたんです。いまだかつてどのセールスマンも扱っていない商品はないか？　ないはずはない。なぜなら、ある一人の人間を幸せにしてあげよう、とでも思ってごらんなさい。実に、することはいくらでもあるじゃありませんか。ところが、この世は、幸せを願う人たちで溢れかえっているんですよ」

大須賀はちらと腕時計を見て、

「今日はこれまで。わたしから二、三質問させてください。あなたは学海社にいて、満足しているのですか？　ずーっとやっていくおつもりですか？」

「ええ……」哲生はまごつきながら「必ずしも、そういうわけでもないのですが……」と歯ぎれ悪く答えた。

すると大須賀は、契約更改の時期はいつかとたずねたあと、

「またお会いしましょう。わたしのほうから電話さし上げます。どなたにも原則的にはそうしているので、悪しからず」

大須賀は彼のセールスしている商品、また経営しているらしい会社の名をついに明かそうとしなかった。

大須賀一三が哲生の脳裡によく現われるようになった。そして、それと同時に赤峰麻子はしだいに退いていった。

もちろん大須賀というセールスマンに同じくセールスマンである哲生が強い関心を抱いたのは当然であったろう。それに、お世辞ではあれ、哲生をセールスマンとして認めてくれたことが、ずいぶんと彼の気をよくしていた。

哲生にはセールス嘱託の契約期限が切れる来年の三月二十日以降、どういうことになるのか、先行きはまったく不透明であった。入社して三年、心身ともに消耗しており、だから内心、今度退職勧告されたら、もう限界だ、と辞める覚悟をしていた。そんな彼の状況からすれば、また職探しに奔走するより、大須賀に拾ってもらうのが早道であった。

大須賀は「同一であってくり返し取引できる商品」と言った。学海社では、『東アジア地質図』『戦前期日本労働史料』『ダニ』等を手がけ、そして今の『オックスフォード百科事典』を売り終われば、また次の本へ移ることになり、それらはどれも本あるいは本の類ではあるが、「同一」の商品ではない。「同一」であれば、一度憶えた商品説明がそのまま通用するだろうし、「くり返し取引できる」とは購入者がまた購入者になることであり、その分、新たな購入者を探さなくてもいい。ずいぶんと労力が省けそうだった。

まるで見たことも聞いたこともない商品に対して、最初、お客は警戒するだろう。が、同時に興味も覚えているはずだ。そんなとき、哲生には意欲が湧く。しかも、ひょっとしてそれが途方もない価値ある商品であったら？　お客はハッと気づいて驚くだろう。信じられないという顔を見せる。興奮が隠せなくなる。こちらは優越感を味わいながら小学校の先生のようにやさしくていねいに教えて聞かせる。そんな商品なら、すこぶる売りやすいばかりでなく、胸をわくわくさせ存分に楽しませてもらいながらセールスできるだろう。……

しかし、大須賀と二回目、三回目と会っているうちに、哲生の熱は冷めてきたのだった。第一、大須賀がセールスしている商品、また経営しているらしい会社の名を明かそうとしないことからして胡散臭かった。やはり世の中、そうは甘くない。そんな完全無欠の商品などあろうはずがなかった。

大須賀には期待できない、断わったほうがいい、と哲生は何度も思った。ところが、そうだ、このときにも赤峰の場合と同じ奇異な執着が生じたのである。執着するというよりはなにものかに執着させせられているかのようだった。

今日、キルケゴールの『反復』を読んでいるとき、また赤峰麻子と大須賀一三の二人が彷彿としてきた。

　あの時期、二人は哲生の脳裡にくり返し反復していたのである。

　反復には、反復する事象がある。反復すること、あるいは反復するものがなければ、反復は表われない。そして反復する事象は、その人にとってなんらかの価値があり、有効であるからこそくり返し甦ってくる。当時、悪戦苦闘の最中、哲生の脳裡に出入りしたいろんな人々のなかでも、赤峰と大須賀は際立っていた。ということは、二人はそれだけ哲生に深く関与していたのであり、だから他の人々を押しのけ、頻繁に浮上してきたのだ。


　キルケゴールのいう「反復」は宗教的範疇のものであり、自然界や現世における「くり返し」現象は、真の反復ではない。なにしろプラトンの「追憶」が過去に向かって反復するのに、キルケゴールの「反復」は未来に向かって追憶する。キルケゴールは言う。

〈反復は日々のパンである、それは祝福をもって満腹させてくれる。〉

〈ほんとに、もし反復ということがなかったら、人生とはそもそも何であろう？〉

〈神みずからが反復をのぞまなかったとしたら、世界はけっして生まれなかったであろう。〉

〈真の反復は永遠である。〉

　一体、ここではなにが反復しているのだろうか？

　いや、これらキルケゴールの言葉が指し示しているのは単純明快、唯一のこと、人は「永遠なる神と共に」あれ、ということだ。反復とは、元の完全な、神と共にあった状態へ帰ること、そこでは霊魂は不滅であり、失った自己をとり戻し、再びやり直すことなのである。『反復』のなかの青年は手紙に書いている。

〈わたくしの魂は本源にかえります。〉

〈わたくしはふたたびわたくし自身です、いまわたくしは反復を得たのです〉

反復には、反復する事象がある。そして、この場合、その事象は「永遠なる神と共に」である。むろん、哲生とこの青年とは時代も状況も異なる。そして哲生はまるで神にすがりつかんばかりであったのに神の存在を信じていなかった。ところが、それでもどこか相通じている。両者とも、反復する事象が必要なのだ。それが青年には「永遠なる神と共に」であったのに、神が欠落している哲生には、しかし空無ではいられず、それで赤峰麻子や大須賀一三が浮上してきたのではないか。ちょうど人が難破した船から海へ放り出されたとき無我夢中で漂流物を探してしがみつこうとするように。荒波をかぶって壊れてしまう木箱よりは強靭なゴム・タイヤのほうがいい。赤峰には頼りきれなくて、大須賀が入りこんできたのだ。大須賀も頼りきれなければ、また次のなにかを見つけなければならない。……

昨夜のこと、テレビで動物映画を観ていると、あるシーンで、一頭の子ライオンが針鼠に付きまといはじめた。子ライオンが接近するたびに、針鼠は体を丸め、栗のイガのように鋭い針状の毛で覆った背面を反復させた。それは針鼠にとって完璧な防衛態勢だったろう。やがて子ライオンは根気負けして歩き去っていった。

このとき哲生は思い当たった。――反復は単に前どおりのことをくり返せばいいのだから、力を分散せず、無駄をことごとく省き、一途結集して危機に臨むことができる。完璧な防衛態勢には、反復が必至なのではないか、と。

あのとき、赤峰麻子から大須賀一三へと移行するまでほぼ三か月が経過していた。その間、反復自体は持続させておかなくてはならなかったのではないか。だから赤峰は不十分ではあっても留め置かれた。ゼロから始める余裕はなく、反復はそのまま作動を止めずにいたのだ。いや、こう考えてきてみると、実は赤峰そして大須賀と出会う前から、哲生自身に反復が起こっていたにちがいない。

苦境に陥ったとき、人によってはひたすら念仏を唱える。彼は念仏を唱えたから苦境に陥ったのではない。してみると、反復は念仏に先行していたのである。この念仏のように赤峰そして大須賀は反復していたのではないか。反復が二人を哲生のなかへ招き入れたのではないだろうか。

甲羅

木沢哲生は六階建てビルの地下から入り、管理人事務所の前に備えつけてあるタイムレコーダーで出勤カードを打刻した。午前八時五〇分。階段を上がり一階の彼の室へ向かう。

哲生は文京区湯島にある学海社という学術書専門の出版社に勤めている。宣伝部に籍をおいてから、かれこれ十三年になる。室内は陽が入らず、天井の蛍光灯だけでは光が弱いので、各人の机の上には電気スタンドが置いてある。

学海社の宣伝部は、大企業の宣伝のような華々しい活動をしていない。予算が少なく、いたって地味である。新聞・雑誌などのスペース広告、DM用のリーフや内容見本、総目録、PR誌、読者カード、ポスター等に関わるが、主要な業務は広告の原稿作成であった。

学術書の広告の場合、「的確な内容紹介が最良のコピー」である。学界の先端をいく難解な本を哲生が読んでコピー表現するのではない。その本の編集担当者が宣伝原票に二〇〇字のコピーを書いてきてくれる。それを哲生は一〇〇字ていどに短縮する。

〈日本人の宇宙感覚、カリスマの自立の精神や集団形成の論理、またマンダラ論から日本人の自然観などの諸問題を手がかりに、日本人あるいは日本文化の構造的祖型を探求し解明せんとする。〉

さらに大小それぞれの広告に応じて、五〇字なり二〇〇字なりにする。このとき哲生自身の創意を吹きこむ余地はない。

大企業の広告のコピーライターたちは、哲生のように商品の中身を的確に紹介しようとしていない。コピーは付加価値である。彼らはクライアントに頭があがらず、がんじがらめにされており、結果的には消費者に虚偽を伝えることにもなっているが、なんといっても才能を発揮できるチャンスに恵まれていて、その点、哲生はときおり羨やまずにいられなかった。

机の上の電気スタンドを灯す。机の表面をティッシュペーパーでぬぐってから、社名入りの原稿用紙を目の前に置く。右手に2B鉛筆、左手にプリンティング・スケールという物差し、哲生は一度背筋を伸ばし、ちょっと胸を張り、広告原稿の作成にとりかかる。

鉛筆で線を引き、長方形を作り、そのなかにラフ・スケッチを描き、気に入らないと消しゴムで消す。セルロイドの透明な級数表を当てて字の大きさを決める。コピーの字数を加減する。書体、行間、凸版を指定する。

これが哲生の勤務時間の大半を占める業務であり、毎日くり返していることである。昼休みには外へ食事に行く。あとは週に二〜三回開かれる会議に出席するため、徒歩で五分ほどの距離にある本社へ出かける。それ以外は、ずっとこの室の自分のスチール製机椅子に座りつづけている。

この日、哲生は手島工房へ行く予定であった。手島洋太郎に会えると思うと、急に胸のなかが晴ればれとしてきた。退社時刻が待ち遠しくてならなくなった。

手島は以前、学海社に三年ほど勤めていた。長身で骨格が太く、柔道の有段者だが、ひどく蒼白い顔をしていて、哲生よりも十歳下だった。大学の経済学部中退で、それには学生運動もからんでいたらしい。哲生がまだ独身のころ、よくアパートへ泊まりにきた。手島が会社を辞め、哲生が結婚してから、二人の関係はふっつり切れた。職を転々とした手島は、今年の五月から出版の委託製作の仕事を始めた。哲生は事務所開きの通知ハガキをもらった。八年ぶりで会ったとき、手島がずいぶん変わったという印象を受けた。

手島は哲生へ校正や割付などバイト仕事を回してくれることになった。手島工房へ出向くのは三回目であった。


手島工房は飯田橋駅から近い、木造モルタル塗り二階建て、民間アパートのような建物のなかにあった。各事務所が六坪ずつ壁仕切りになっている。哲生は板張りの階段を軋ませながら上がっていった。

ノックをし、「はあーい」という手島の応答でドアを開けると、若い女が顔をうつ向け、哲生のわきを駆け抜けていった。

郵便はがき

料金受取人払郵便

麹町支店承認

8043

差出有効期間
平成30年12月
9日まで

切手を貼らずに
お出しください

102-8790

102

［受取人］
東京都千代田区
飯田橋2―7―4

株式会社 作品社
営業部読者係 行

【書籍ご購入お申し込み欄】

お問い合わせ　作品社営業部
TEL 03(3262)9753／FAX 03(3262)97

小社へ直接ご注文の場合は、このはがきでお申し込み下さい。宅急便でご自宅までお届けいたしま
送料は冊数に関係なく300円（ただしご購入の金額が1500円以上の場合は無料）、手数料は一律23
です。お申し込みから一週間前後で宅配いたします。書籍代金（税込）、送料、手数料は、お届け時
お支払い下さい。

書名	定価　円	
書名	定価　円	
書名	定価　円	
お名前	TEL（　）	
ご住所 〒		

フリガナ
お名前

男・女　　　　歳

ご住所
〒

Eメール
アドレス

ご職業

ご購入図書名

●本書をお求めになった書店名

●ご購読の新聞・雑誌名

●本書を何でお知りになりましたか。

イ　店頭で

ロ　友人・知人の推薦

ハ　広告をみて（　　　　　　）

ニ　書評・紹介記事をみて（　　　　　　）

ホ　その他（　　　　　　）

●本書についてのご感想をお聞かせください。

ご購入ありがとうございました。このカードによる皆様のご意見は、今後の出版の貴重な資料として生かしていきたいと存じます。また、ご記入いただいたご住所、Eメールアドレスに、小社の出版物のご案内をさしあげることがあります。上記以外の目的で、お客様の個人情報を使用することはありません。

手島は反り身になって立ち、ハンカチで顔や首すじをぬぐっている。

「なにごとだい?」哲生はあわててドアのほうをふり返ってから、たずねた。

「ちくしょう。ひどいことをしやがる」

手島はゆっくりと歩いて冷蔵庫を開け、缶ビールをとり出した。

「まず、飲みましょうや」

「いい、いらない」哲生が手で制すると、

「な、ぜ」と手島は幼児に向けてのような聞き方をした。そして手島自身、あどけない表情をみせるので、哲生はつい吹き出してしまった。

「あれが絵里さんか。君、ランニング・シャツがびりびりに破れてるぜ」

「さっきまで喫茶店で話してましてね」手島は木椅子にどしんと腰を落とした。

「昂ぶってくると、まったく手がつけられないや。顔をひっ掻く、スプーンは投げる、ケチャップは絞りだすの始末だ。たまりかねて喫茶店とび出したら、泥棒! 泥棒! 呼ばわりで、みっともないったらない。そこの八百屋のおっさんに捕まって、僕は羽交い締めされちまいました」

手島はガラスのコップに缶ビールを注ぎながら「金が目当てじゃないんだよね。もっとも、額にもよるかもしれんなあ。一度、チンピラを連れてきたことがあります。しかし、金じゃない。では、どうしろというんだ?……彼女自身が分かっちゃいないんです。だから困るんだ。どうも、こっちの困ることをわざとしているようですがね」

廊下にハイヒールの靴音がし、すぐ女は事務所の窓の磨りガラスを外からせっかちそうに叩いた。

「だれか、きたね？」哲生が聞くと、

「絵里ですよ。しつこいったらないんだから」と手島は舌打ちした。

「どうしてくれるのよ」絵里はドアを開けたが、顔は見せずに言った。

「今夜はおとなしく帰ってくれ。お客さんなんだ」

「あなたが責任ないわけないじゃない。なんとかしてよ」

「入れてもいいですか？」手島は小声で哲生に聞いた。

「僕が帰ろうか」

「いや、いてくださったほうがいいんです」手島が両手を合わせて拝むので、哲生は上げかけた腰を木椅子にもどした。

「おい、いいぞ。入ってこい」

「あなたが、こっちへきてよ」

「そんなね、廊下につっ立ってわめいてたんじゃ、まわりの事務所に迷惑だろ」

彼女はおずおずと姿をみせ、入口の近くにある坊主椅子に座った。小柄なほうで華奢な体つき、色白の顔、大きめな唇のわきに目立つホクロがある。眉根が険しく寄り、黒目がチラチラとよく動いた。

哲生は絵里が三十二歳であること、八十になる母親のほかは身寄りがないこと、年齢差からいって実母ではないらしいと手島が言っていたこと、渋谷でぼろアパートを経営していることを思い出した。

「この人は十年来親しくしてもらっている先輩だ」手島は哲生をそう紹介した。「さあ、遠慮はいらん。君と僕の関係を、そもそもの始まりから、洗いざらいしゃべってもらおうじゃないか。だけど、その前に一つ頼みがある。眼鏡を返してくれないか」

「いやよ」絵里はあわてて膝の上のハンドバッグを手で押さえた。

「それじゃ、君の顔が見えやしないぜ」手島は手をさし出していたが、彼女が意固地になっているので、あきらめ「だったら、いいよ。なんでも話してごらん。いったい、僕のどこが悪いのか、第三者に聞いてもらおうじゃないか」と腕を組んだ。

「なんでもないのに、なぜあたしが電話するわけ?」と絵里は震え声で言った。「いくらなんでも、そんなこと女ができると思う?」

「まるで君は、自分からは僕に一度も電話しなかったみたいじゃないか」

「あなたがしてくれれば、あたしがすることもあるわ。でも、どちらが先かが問題よ。あなたが先だったじゃない」

哲生は二人のやりとりを聞いていて、その電話がきっかけで会うようになり、三回目のデートのときに深い関係に入ったらしいと察した。

「そんなこと、どうでもいいだろ。じゃ、ハッキリしておこう。僕は結婚すると言ったか」

「あたしだって、結婚したいとは言ってないわよ」彼女は憤ってやり返した。

「だからさ」と手島はイラだたしげな声をあげた。「要するに、どうすりゃいいんだ?」

「なんとかしてよ」

「ああ、もういい」手島は悲鳴をあげ、「先に帰ってくれ」と言って、絵里のほうへ鍵束を投げた。

すると絵里は黙って床に落ちた鍵束を拾い、ふくれっ面をしたまま出ていった。

「僕は、だれとも結婚しません。そう言っているのになあ、どうして聞き分けないんだろ。あと五年の命、本当の話、血圧が高くていけないんです。僕の齢じゃ考えられないって医者が首をかしげてる。いいですよ、僕自身はかまわない。親父みたく路上で昏倒して、ハイさよならでね。……」

事務所を出ると、いっそう酔いがまわってきたらしく、手島の舌はもつれてきた。「……出刃片づけておけばよかったなあ。……女の顔って、ほんと、夜叉そっくりに見えるときありますね。……しかし、ただ股をひろげりゃいいってもんじゃないさ。……」と一人でぶつぶつ言いつづけた。

飯田橋駅のホームへ下りると、すぐ電車がすべり込んできた。電車に乗った手島が手招きしている。哲生が近づいていくと、

「これ、よく見ておいてください」手島は自分の顔を指さした。「今晩、グサリとやられないと

もかぎらない。見納めになるかもしれませんから。もっとも、僕と一緒に死のうなんて思うバカな女は、めったにいるもんじゃなくて、ちょっぴり可哀相で、いじらしくって……」

ドアが閉まった。手島はドアに近づき、ガラス越しにまだなにかしゃべっているのか口をぱくぱく動かしている。おどけた顔をし、その顔を人差指で突つくようにしているうち電車がゆるゆると走りだした。

帰りの電車のなかで、哲生は生き生きした気分を味わっていた。久しく忘れていた感情を手島が甦らせてくれたにちがいなかった。哲生の体のすみずみまで覚醒したかのようだった。

もっとも、手島自身はそれなりに年齢を重ね、ごく当たり前に変わっただけなのに、もう十年以上も閉塞した日々を送ってきている哲生の目には、手島のささいな一々が新鮮に映ったのかもしれなかった。

家には午後八時ごろ帰り着いた。いつものように妻が台所で晩飯の支度をしている。小学校二年の長男と五歳の二男は居間でテレビを見ていた。「さあ、今日はだれの番?」哲生が聞くと、「はーい」と長男が手を挙げた。浴槽で、長男は「サッカーボールの消しゴム、見たい?」と哲生に話しかけてきた。長男のクラスでは消しゴムを集めるのが流行っている。長男は同じ型で大きさが違ったり、色が白や青や茶であったり、コーラの香りのする消しゴムも持っていた。

晩飯のあと、お茶を飲みながら夕刊を読んだ。哲生は業務で目を酷使するので、あまりテレビは見なかった。

「じゃ、またやろうか?」夕刊をたたみながら、哲生は子供たちに声をかけた。正月からずっと続いているポーカー遊びをする。

午後九時になると、哲生は二階にある自分の八畳間へいく。やっと一日のうちで自分のしたいことのできる時間がくる。けれども、ぐったり疲れてしまっているので、読みさしの本を開いたり、オーディオ・テープを聴いたり、タバコをふかしたりしているうちに眠くなってくる。

しかし、今夜はなにか違っていた。ラジオにスイッチを入れ、チューナーを廻して音楽を探した。三曲目、ニューヨークで流行っている、とアナウンサーが紹介した。哲生の脳裡で、数学好きの黒ぶち眼鏡をかけた若い女性が踊りはじめた。彼女はガリガリに痩せているが、どういうわけか妙にエロチックなのだ。ときには操り人形みたいに頼りげない。川面に映った人影のようにゆらゆら揺らいでいると、不意にさざ波がきて、かき消えた。

いい曲だ、と哲生は肯いた。気分が和んでくる。彼はこんな空想で自分の内部に彩りや変化を与え、型どおりの単調な毎日をまぎらしてきたのだろう。

ところが今は、まるでもの足りなかった。つい先ほどまで手島と絵里が喧嘩していた手島工房、——あの雰囲気のなかでよび醒まされた感情のほうがずっとなまなましかった。

活力が湧いてきた。気分が昂揚し、今が自分らしい自分だというような感覚に捉われ、このまま寝るのは惜しいくらいだった。

電車内は混雑しており、駅に停まるたびに乗客がどっと雪崩れこんでくると、身体がよじれたり、前屈みになったりする。座席に座っている乗客が新聞をイラだたしげにめくる。するとそのイラだたしさが哲生にも伝染する。

人間は一日二十四時間のうち食事、排泄などに四時間、勤務に八時間、睡眠に八時間費やす――と、これをレーマンの原則とかいった。哲生の場合はそのとおりではないにしろ、残る四時間は毎日ほぼ同じであった。その四時間がもう少し増えて、せめて六時間でもあったら、それでも哲生の生活は一変し、こんなにもくり返しのことを意識するようにはならなかったにちがいない。

その四時間のなかには通勤の往復に要する一時間二〇分も含まれているのである。決まった時刻に乗り、決まった駅へ向かうこの時間中、まわりの乗客とは面識もなく、もちろん話を交わすこともない。仕事をしないが、自由でもない、これははなはだ中途はんぱな時間であった。

出社。机の上には、編集担当者たちからの宣伝原票が五枚届いていた。哲生は椅子に座ると、ただちに二〇〇字コピーを一〇〇字ていどに短縮しはじめた。

〈錯綜した構造をもつデータに空間的表現を与える手法である多次元尺度法について、入門的段階から応用までを、豊富な実例を入れながら系統立てて解説する。〉

ここに注ぎこまれた哲生の時間と労力は、外面にはなんの痕跡も留めていない。どこかに潜んでいないか、と彼は目の力を強め、字と字の間、行と行の間を探ったが、やはり無駄であった。

これはもう複写作業と変わりなかった。どうやらくり返しは二重になっているようである。というのも、複写とはくり返しのことであり、彼はその作業を十三年間もくり返しているからだ。

それにしても、この反復はなぜ人を退屈にさせ、嫌気を起こさせ、苦痛を覚えさせるのであろうか？

一つには彼の頭脳や身体が部分的にしか使われていないからだろう。活動停止させられている神経や筋肉などに欲求不満が昂じてきているからにちがいなかった。

体操をしてみたこともあったが、あまり効果はなかった。それで彼はいつのころからか、午後三時になると室を抜けだし、散歩に出かけた。本社から電話で呼出しがかかったり、広告代理店の営業マンがひょっこり訪ねてくることもあるので、彼は足を速めた。春日通りを下りていき天神下の交差点を左へ曲がり、不忍池に入ると水上音楽堂からスタートして池沿いに進み、弁天堂のわきを通り、ボート・ハウスの前にくると左折して蓮池とボート池に挟まれた道を歩いていった。

宣伝部の室へもどったとき、腕時計をみると、三時二〇分を少し過ぎていた。この室のスペースはわりに広くて畳二十枚分くらいはある。西隣りは販売部、東隣りは他社のコンピューター室、課長である哲生も含めた宣伝部員四名の机は壁に寄せつけてあり、互いに背を向け合い座っている。机の上に伝言メモはなく、哲生はほっとした。

また広告原稿の作成にとりかかる。……

やがて一昨年のこと、妻と子供三人を残したまま胃癌で亡くなった妹婿のことが思い出されてきた。享年四十九歳、――あと四年で哲生もその年齢に達する。そして、いつも哲生にはすでに答えが分かりきっている問いが浮かんでくる。人にはいつ、なにが起こるか分からない。それに人の一生は思いのほか短いのかもしれない。そこにくり返しの部分があまりに多いのでは、どうもその、やはりよく生きているとはいえないのではないか。明々白々のムダである。だからくり返しはできるかぎり省くべきではないか、と。


哲生が手島工房に着いて五分ほどたったとき、ドアを叩く音がした。

「はーい。どうぞ」手島が答えると、ドアが開いた。

「鳥越部長！」手島は叫ぶような声をあげ、椅子から立ちあがった。

のっそり入ってきた男は四十代半ば、ひどい猫背で、度の強い眼鏡をかけている。その眼鏡のせいか、両の目玉がずいぶん大きく見えた。

手島の紹介によると、鳥越部長は手島が一年勤めた外資系商社の上司で、現在はたまたまこの近くに仲間二人と事務所を構え、年間八十億円の商いをしている。日本の大商社がのしてきて、その外資系商社が落ち目になったのをしおに独立したのだという。

手島が冷蔵庫を開け缶ビールを取ってさし出すと、鳥越部長は「オー、ノー」と言って、背広のポケットからなにやらわし摑みにしてみせた。チューインガムやキャラメルや仁丹も混じっている。

「なんですか、そりゃ」と、手島はちょっとのけ反った。

「オー、ノー」鳥越部長はしかめっ面をし、鼻先にただよう煙をもう一方の手で払いのけるしぐさをした。

「タバコをおやめになった？」

「飲むと吸いたくなるからさ。かわりに、ほら」と鳥越部長はわし摑みしている手をかかげ「なにか口に入れてないと、さみしくってね。でも舌がザラザラになっちゃった。ところで、君さ、サイパンの話はどうするの？　早くやりたまえよ」

サイパンの港で日本食専門の食堂を開けと鳥越部長は勧め、手島は踏んぎりがつかずにいる様子である。

「金が一千万円できたら、セイロンへ行けよ」と鳥越部長は眼鏡をはずし、中指で瞼をもみながら言った。「いまはセイロンと呼んじゃいかんがね。あそこは総理大臣の月給が八万円くらいだ。月六万円もあれば豪勢な暮らしができる。現地はウェルカムだよ。きのうセイロンからのお客があってね、実は一泊三千円見当のホテルを頼まれてた。むこうじゃ大した金だから、そんな予算でOKなんだ。上野あたりのビジネスホテルを探してみたんだが、よろしくない。困ったなあと思いながら空港へ出迎えにいくと、駐日大使がきてて、さっさと連れてってくれたよ。へーえ、やっこさんそんなに偉いのか、感心しちゃった」

鳥越部長はずっと立ったままで話し終えると、チューインガムを次々に何枚も口へ放りこんだ。

「この方はね」と手島は哲生に向き直って言った。「アラスカとかオーストラリアとか世界を股にかけ、魚の買い付けにとび回っていらっしゃるのですよ」

「はは、聞こえはいいが、ラクな仕事じゃないんだ」

「マグロは飛行機の窓から、太平洋上をじいっと眺めていて、見つけるんです。ね？」

「ははは」鳥越部長は仕方なさそうに笑って「イカの輸入を最初に手がけたのは、僕だろうね」と、はにかみながら言った。眼鏡の奥の両の目玉が優しい色をおびてくる。「南国では、イカなんぞ人間の食いものじゃない。猫だって、またいで通るしろものでね。タダも同然の値というわけだ。また、来るよ」鳥越部長はくるりと背を向けドアのほうへ歩きかけたが、つと立ち止まり、「サイパンへ行きたまえよ」と、また勧めた。「やってみるもんだ。トンコロくらって逃げてきたっていいよ。今よりゃましなことだ」

鳥越部長が出ていってから手島は言った。

「浮浪者みたいな風体してますがね。こないだ、アルバムをみせてもらったら、リオのカーニバルに鳥越部長がすっ裸で踊っているのには驚きました。東南アジアのどっかの首相と握手している写真もありましたね。一年のうち三分の一は海外、三分の一は国内で商売して、あとの三分の一は遊んで暮らしている男ですよ」

　手島はずっとビールを飲みつづけていたので、席を立とうとしたとき足がふらついた。

「鳥越部長には一度会ってもらいたかったのですよ」事務所を出て神楽坂下のレストランに入り、カレーライスを食べていたとき、手島は言った。

「もう億万長者ですか」

「蓄財するというタイプじゃあない」手島は、いくらか抗弁する口調で答えた。「そりゃ仕事は億単位になりますからね。しくじると、これまた大きい」

　しばらく沈黙が続いてから、

「木沢さん、サイパンへ僕と一緒に行く気はないでしょうね」手島は独りごとのように呟いた。

哲生は一瞬ぎくりとした。

「うん。……そう遠いところではないよね」

「いや、冗談ですよ」手島は笑いだした。「いけません。奥さんと子供さんは、大事にしてもらわなくちゃ」

　哲生は、ふと思い当たった。手島との付き合いが途切れて数年後のこと、長男が産まれたとき、手島は札幌のデパートから乳母車を送ってくれたのだった。

　帰りの電車のなかで、哲生の胸中はざわついていた。二度、三度と唐突にわけの分からない狂暴な衝動を覚えた。

家に帰り着いたのは午後一〇時すぎ、子供たちはもう寝ていた。

「今日、柏の髙島屋でドイツ製のトランプ買ってきたのよ」と妻は言った。子供たちはそのトランプを用意して、哲生が帰るのを待っていたと聞くと、正月から続いているポーカーにいささか閉口ぎみの哲生だったが、つい微笑まずにいられなかった。

風呂から出て、二階の自分の部屋へ上がった。

……しかし、手島は、どうして鳥越部長を僕に会わせようとしたんだろう？　ふと疑問が浮かんだ。八年ぶりに再会した哲生があまりに冴えない顔をしていたからではないのか。

学海社を辞めようなどとは考えられなかった。というのも、哲生は幾つも辞めて学海社へたどり着いたからだ。路頭に迷って食い詰めたり、残業代も払われず酷使されたり、歩合制セールスをしたりしてきた彼には、定収入がたいそう有難かった。住宅ローンはまだ二十年払いつづけなくてはならない。これからも子供たちの養育費が、ことに教育費が嵩んでくるだろう。

哲生は宣伝部に配属されたとき、どんな業務に携わるのか知らなかった。三か月ほど経ってみて、大半がくり返し業務であることに気づいた。ところが彼はその当時、なんの不満も抱かなかった。

くり返し業務は、結局のところ労力をさほど消耗しないのである。変化も、予測も、冒険も、したがって危険もない。定年まで大過なくやっていけるだろう。余力を貯えることができ、それがいざというときの備えになる。中途入社の彼にはまだ敵が少なくなかった。

そうして十三年経ったが、そろそろ限界にきているのではないか。退屈や嫌気や苦痛に耐えてきた。が、いつまでも耐えつづけていると、やがて体が叛乱を起こすのではないか？

そのうちに、哲生の脳裡には、河をくだっていく筏の光景が映った。妹婿が胃癌にかかったとき、哲生はその方面の本を読んでみたのだったが、ある箇所に、細胞は〈河をくだっていく筏〉とあった。悪性転化したとき、筏は壊れ〈丸太は徹底的にごちゃ、ま、ぜにしたようなぐあいに〉なる。そのとき彼の思い描いた光景が、ときおりふいと浮かぶのである。

狂った細胞が増殖していき、体じゅうびっしりになり、侵略と破壊のかぎりを尽くした果てには主人の死と共に自らも絶滅する。哲生は癌が忌み嫌われ、悪性呼ばわりされるわりには、行動が一途であり、どんな薬物や放射線にもめげず、徹頭徹尾その意志を通すことには、むしろ好感を抱いたのだった。癌に意志はないが、癌は外からきたものでもないだろう。主人のその身体の意志ではない、と言い切れるだろうか。


三日後の朝、まだ夜の明ける前であったが、哲生はひどい不安から目が覚めてしまった。もう眠れそうになかった。起きだし、二階の自分の部屋へいった。

それは広漠としたとらえどころのない不安であった。たいてい早朝に訪れる。悪寒に襲われたように体がぶるぶると小刻みに震えつづけた。それで以前、ある冬のとき、石油ストーブの火で手をあぶり体を温めてみたこともあった。ところが寒さには関係なさそうだった。

この日は週に一回やってくるサンヤツの広告原稿を作成する予定であった。

新聞の第一面の下方には、よく書籍広告が八つ並んでいる。三段が八等分され八つの枠になっており、この一つの枠を三段八割、略してサンヤツと呼ぶ。新聞広告には全三段とか五段三割とかいろいろあるが、「書籍広告はサンヤツに始まりサンヤツに終わる」といわれてもいた。

サンヤツには、極度の制約がある。縦九九ミリ×横四七ミリの長方形のなかで使えるのは活字と罫だけ。飾り罫、画・図・写真のたぐいを入れてはならない。斜め組みも不可、したがって縦・横、二様の組み方しかできない。活字は明朝、ゴシックのみ、大きさも十二種に限られる。その空間は黒っぽくなっても白っぽくなってもいけない。書籍の書名を天・地・左・右・心のどこに据えるかということから構図が始まる。……

サンヤツには意欲が湧いた。唯一、割付のさい哲生自身の個性を発揮できるからだった。けれども、これまでその割付も典型、破格、平凡、衒奇のどれもすでに試み尽くしていた。今では他の広告原稿を作成するのとなんら変わりなかった。

この世の中には、まったく同じ二つのことはない、とそんな話を聞いた憶えもあるが、しかし似たり寄ったりのことの、その要所だけをとり出し、適当な距離をおいてみるなら、それはまったく同じことなのだ。

今朝がたの不安がぶり返してきた。

哲生は初めてこの不安を経験した日のことをよく憶えている。彼は大学を卒業した直後、肺結核と診断され、岐阜の実家で自宅療養をよぎなくされた。ところが一年経っても治らず就職の当てもないまま東京へ行く決心をした。出立の前日、早朝、この不安に襲われた。

二度目は、それから五年後、歩合制セールスを始めたころ、飛込み訪問へ出かける日の朝、目が覚めたとき、この不安にとりつかれ体の震えが止まらなくなった。

これは、上司の目の色に覚える不安とか、心が読めない恋人に感じさせられる不安とか、いつまでたっても肺結核は治らないのではないかという不安と違って、対象が限定できないのである。たぶん未知の外界へ飛び出そうとするのだから、対象がまったく不明であり広漠としてとらえどころがなかったのだろう。

午後三時、哲生は宣伝部の室を抜けだし、不忍池へ散歩に出かけた。弁天堂のわきを通りすぎたとき、池の縁の舗装してあるコンクリートの上に亀の甲羅を見かけた。小ぶりな、タワシよりは一まわり大きい、黒鼠色の亀だった。乾いて白い粉をまぶしたような甲羅の下に頭も前肢・後肢も尾も引っ込めている。哲生はしゃがんで指で突ついてみたが、置物のように動かない。死んでいるのだろうか？　ところが哲生が立ちあがりちょっと目を離した隙に亀はぼちゃんと池へ飛び込んでしまった。水泡がのぼってきてははじけている。覗きこんでみたが、水中は濁っており、なにも見えなかった。

会社の帰り、哲生は校正済みのゲラ刷りを届けに手島工房へ向かった。事務所のドアを開けると、入口近くの坊主椅子に絵里が座っている。

手島は哲生から受けとった風呂敷包みを開けゲラ刷りを確かめると、「有難うございました」と頭を下げ、それから絵里のほうへ向き直り言った。「どこまでいっても平行で、ラチがあかない。さあ、お願いして、聞いてもらうんだよ。僕は、もう勘弁してくれ」

「この人はね、女の扱い方を知らないのよ。とっても想像できないヒドイことするの。どんな女だって逃げ出すに決まっているわ。こんな男にひっかかったあたしもバカでしたけどね」と絵里は眉根にきつい皺をよせ、昂ぶった口調でしゃべった。

「全然、思い当たらないな」と手島は口をへの字に結んだ。

「バーカ。この前、夜遅く電話してきて、自分のアパート近くのスナックへ呼び出しをかけたのは、だれよ。あたしは渋谷から国立までとんでいったわ。ところが来やしないじゃないの。夜中の三時にはスナックが閉店なの。畑のなかにほうり出されてしまったわ。あたしは泣きべそかいて、やっとの思いでタクシー拾って帰ったわ」

「事実はそのとおりさ。でも、その事実だけを言われてもな」手島は首を横に振りながら、「ちょっとトイレ」と断わり立っていった。

「一生忘れられないことがあるの」と絵里は続けた。「あの人のアパートには、壁に鏡がついていたのね。その鏡に映った顔をみて、いい男ねってお世辞いってやったら、つぎに行ったとき、鏡ははずしてしまってあるのよ。そういう残酷なことをするの。会社の人に話したら、早く切れたほうがいいよって忠告してくれた。あたし怯えるようになったわ。会社でも噂になり、居づらくなったのよ。うちは電子部品の製造会社で、倉庫があったの。あたしは仕事にミスが多くなり、事務から倉庫にまわされ、それで去年辞めたの。だのに、お前がクビになったのは一切関係ないって、そんな口のきき方ないでしょ。あたし、口惜しくって……」と泣き声になってきた。「あたしもバカだったのよ。でも、どうにもならなかったの。もう三十二だし、これからこんな状態では職にもつけないし、どうしていいか分からない」と顔を両手で覆って膝にうつ伏せた。

　哲生は困惑して「手島君、遅いなあ。どうしたんだろ？」とドアのほうを見やった。

「ドロンをきめこんだのよ。いつもの手よ」と絵里は嘲りぎみに呟いた。彼女の顔は紅潮し、目が充血している。両の手が所在なげにさ迷っていた。

　哲生は居心地が悪くなってきた。

「根は優しい男なんです」と哲生は手島を庇った。「あなたが好きですしね。ただ、彼はだれとも結婚しないいんですよ。そろそろ帰りますか。鍵はどうするのかな？」

「かけなくていい。いつも電気だけ消していくわ」

「サイパンへいくとか言っていたが」哲生は外へ出てから、訊いてみた。「どうなんですか」

「いやよ。サイパンなんか、頼まれてもいくものですか」と絵里は蔑んだように言った。「ただまっ黒けーになって、帰ってくるのが落ちだわ」

「うん。……」突っ張っている彼女が、なんとはなく可哀相だった。できることなら元気をつけてやりたかった。しかし、どんな言葉をかけてやったらいいのか、思いつけずに歩いていた。
「木沢さん、お子さんはいらっしゃるの？」ふいと絵里が聞いた。
「ええ、二人」
「幸せなことね。わたしは一人でいい。共働きしてもいいのよ」

飯田橋駅のホームで絵里と別れた哲生は、いつものように御茶ノ水駅で下車、千代田線に乗り換えた。

満員電車のなかで吊革を握りながら立っていたとき、また不安が甦ってきた。が、彼の内部のどこかにはゆとりがあった。実のところ、いつのころからか定かではないが、こんなときどうすればよいかも分かっていた。未知の外界へ飛び出さなければいいのだ、と。そうすれば、不安はやがてしぜんに霧散していく。

それにしても、どうしてこの不安は長年にわたり未だしつこくくり返されてくるのだろうか？　やはり、なにごとかを哲生に告げているのではないか？　次に彼がなすべきこと、ここではなくどこかへと彼を促しているのではないか？

すると哲生は今日の午後、不忍池の散歩のとき、見かけた亀のことを思い出した。

亀は外敵が襲ってくるたびに、頭や前肢・後肢や尾を引っ込めた甲羅を反復させる。甲羅は有効であったからこそ厚くなり硬くなったのだろう。けれども万能ではなかった。それで、平生でも甲羅を背負って移動しなければならない。

あのとき、亀は危険と感じたのだ。もし哲生ではなく、どこかの子供であったら、拾って家へ持ち帰ったかもしれないからな、と哲生は苦笑した。

狡い夢

哲生は老年に入った今でも、いろんな夢を見る。悪夢にうなされたり、ずいぶんと赤裸々な夢に呆れたりするが、概して夢には好感をもっている。

一番に愉しいのは、空飛ぶ夢である。両腕を忙しく鳥のように羽ばたかせると身体が浮上しはじめる。人家の屋根くらいの高さまで上昇すると急に視界がひらける。羽ばたきもらくになる。一つ羽ばたくだけで空中をスーと水平に進んでいく。なんとも爽快である。地上に舞い降りてからも気分は上々で、人に出会うと、つい話しかけたくなる。優越感を禁じえない。現実の生活では後にも先にもありえない優越感に浸ることができるのである。

しかし残念ながら、このごろ空飛ぶ夢はめったに訪れない。かわりによく見るのは、小便を催し急かされてトイレを探す夢である。そして、やっと見つけたトイレには必ず人が入っている。

……場所は定かでないが、哲生は箱根かどこかの「彫刻の森」のなかを順路に沿って歩いていた。

ほどなくピカピカに磨きあげられた透明ガラス張りの公衆電話ボックスに似たものが目に入った。近づいてみると、アコーディオン式のドアのガラスの表面に、人の形をした男子専用マークのシールと、「ひく　PULL」「ご利用後はドアをおしめ下さい」と注意書きしたテープが貼りつけてある。利用する人がいるんだ、じゃ、とその気になりボックスのなかをのぞくと、便器もなにもすべて透明ガラスでできている。これでは通行する人々から丸見えではないか。ストップをくらい、哲生は目が覚めた。

もっとも、小用を足していたら、布団に地図を描いたろうから、夢には感謝しなければいけない。

透明ガラスのトイレの夢は一度見たきりである。たぶん二度目には、哲生はすぐ夢と気づくだろう。どうやら夢は、夢であることを知られたくないらしいのである。

夢は脳裡へほとんど恒常的に居着いてしまうことがあるけれども、それでいて夢としては二度と現われない。……哲生は十年ほど前、二男の音生と二人で阿下喜《あげき》へ行った日のことを思い出した。——

音生は工事の現場管理技術者として東海地方を転々とし、その年の二月には四日市の現場へ移った。四日市と聞いたとき、哲生の頭にはすぐさま阿下喜が思い浮かんだ。桑名から鈴鹿山脈のほうへローカル線に乗って一時間、哲生が少年期に疎開していた田舎町である。

その音生が久しぶり五月の連休に帰ってきた。哲生は音生に阿下喜のことを話し、一緒に行ってみないかと誘った。連休の最終日、哲生と音生は朝九時に家を出た。東京駅から新幹線で名古屋駅へ、関西本線に乗りかえ桑名駅で下車、北勢線の二両連結の電車に乗り、終点の阿下喜駅に着いたとき、腕時計をみると三時すぎだった。哲生は藤原岳を仰ぎながら、この土地に国民学校四年から高校卒業までいたんだ、と音生に話した。駅からタクシーで栄町、本町、西町、北町、東町と一回りしてもどり、再び駅から急な坂道を上がっていって左に曲がると栄町通り、道の両側には見慣れない家があちこちに建っているので多少の違和感を覚えながら歩いていくと、ほどなく四軒長屋の前へきた。

「父さん、ここに住んでいたんだ」哲生は向かって左端の家を指さしながら音生を振りかえった。

元の家は増改築が施され、ことに二階の欄干のあたりから青色のブリキのような四角い囲いが出張っており、そのため一階の屋根は半ば覆われ、今はずいぶん不格好な家だった。

「築何年？」と音生が聞いた。

「五十年以上だろうな」

「記念に撮っておく？」と音生はバッグからカメラをとり出した。

「じゃ、人物を入れたほうがいいな」

元の家の前に哲生が立って一枚、それから音生が立って一枚撮った。

一軒おいた隣りの家には、まだ幹ちゃんが母や妻子と一緒に住んでいるはずだった。幹ちゃんは哲生の四つ年下の弟と同級生、哲生とも幼なじみ、阿下喜で今も唯一年賀状のやりとりをしているが、哲生がこの地を去って以来、一度も顔を合わせていなかった。

哲生は幹ちゃんの家の入口のガラス戸の前までいったが、気後れがした。あまりに突然で、幹ちゃんは面食らうだろう。

元の家のわきの道を通り裏手の方へ行きながら、

「どうだい、父さんが子供のころ住んでいた家、別にどうということもないか？」

「そんなことないよ」と音生は答えた。

「今、どんな家族が入っているのか、父さん、全然知らないんだ。一階が三間、二階が二間、裏庭があってね。便所まで細長い廊下がついている。一階は暗く年中じめじめしていて、冬や雨の日には昼間も電灯をつけなくてはならなかった。梅雨ごろは畳が湿気って足の裏にべとついたよ。裏庭には雪の下ばかりがよく繁殖した。便所にどうして屋根まで付いている廊下が渡してあったか、たぶんそれだけ距離をおかないと臭いが漂ってきたからなんだ」

家の裏手は土地が一段と高く、そこは二反ほどの田んぼだった。

「大雨が降ると、ほら、そこの家の横の水路の水が溢れ、家のなかへ流れこみ、床下浸水になって履物がぷかぷか浮かびあがったよ。日照りが数日つづくと、井戸が涸れてしまった。井戸水は口にふくむと、へんな甘みがした。それで生水は飲まないようにと母さんに注意されていた。もっとも、ミミズやナメクジはその水のなかで生きていたがね。五右衛門風呂へ水を注ぎ入れるときは、ポンプの口に括りつけてある布袋をはずすんだ。すると浴槽にはミミズやナメクジが吐き出され、水と一緒にくるくる廻っていたよ。父さんが子供のころ、どんな生活をしていたか、だいたいの想像はできるだろう？」

音生はあいまいな微笑を浮かべ、ちょっと首をかしげた。

哲生は今日で見納めになるだろうと、再び元の家の前へもどった。そして、なにげなく幹ちゃんの家へ目を移したとき、ふと幹ちゃんの母はどうしているんだろう、と思い至たった。すると、なぜだか唐突に熱いものが胸に込みあげてきた。

幹ちゃんの家には父親がいなかった。母子二人きり、「洗い張り」で生計を立てていた。ただ北町に農家の宗吉さんという幹ちゃんの母の兄がいた。戦時下、戦後もつづいた食糧難の時代、縁故のなかった哲生たち六人家族は宗吉さんから米を買い飢えをしのぐことができた。幹ちゃんの母が仲介してくれたおかげだった。

後年になって分かったことだが、疎開者に苛酷だった隣り近所の住人たちも、けっこう他村からの流れ者が多かった。ところが幹ちゃんの母は生粋の阿下喜人だった。いつか『阿下喜小学校卒業生名簿』に目を通していたとき、明治四十年度卒業生に幹ちゃんの母の名が載っていた。

住人たちのほとんどが死んだり引越したりしてすっかり寂れたこの隣り近所に今も幹ちゃんの母はひっそり暮らしている。五十年ぶり、もう九十二、三歳になるだろう。

帰りは阿下喜駅からバスに乗り、桑名に着いたときは午後六時をすぎていた。レストランで夕食をとり、哲生はひどく疲れていたので駅前のビジネス・ホテルに泊まることにした。音生は別れ際、「明日、工事現場見にきてくれない?」と言い、「いいよ」と、哲生は応じた。

音生は四日市にある社員寮へもどっていった。

その夜のこと、哲生は明け方近く夢を見た。

哲生は幹ちゃんの家の入口のガラス戸を開け、なかへ足を踏みいれた。

「ごめんください、幹ちゃーん」と呼んだが、奥はひっそり閑としている。もう一度「ごめんくださーい」と大声をあげた。

表の間は三和土から五、六〇センチほどの高さ、中の間とは障子戸で仕切られている。幹ちゃんは引っ込み思案だから、出てこないかもしれないな、と思っていると、不意に障子戸が開いて、老婆が現われた。

「あっ、おばさんですね」

子供のころ、幹ちゃんの母を「おばさん」と呼んでいた。太めの眉毛、善良そうな笑みを含んだ目は、たしかに幹ちゃんの母のようだが、もともと小柄な体がいっそう小さく縮んでいる。おまけに頬や鼻や口にはガーゼが四枚も五枚も絆創膏でとめてあり、覆面をしているかのよう、しかとは確かめられない、一瞬「狡いよ」と思った。——ここで目が覚めた。

もう二度と顔を合わせる機会はないだろうから一目でも、という気持が哲生には強く残っていたにちがいない。が、それにしても夢は、とどのつまり幹ちゃんの母の顔を見せてはくれなかった。

この夢は今日まで二度と見ていない。が昼日中、目が覚めているとき、なにかのはずみで脳裡に甦る。それは一度目のときと寸分違わないシーンのまま現われ、そのたびに「狡いよ」と苦笑させられるのである。

警備員

木沢哲生とその妻彩子は、二男の音生の先々のことではずいぶん心配させられてきている。

二月中ごろ、夜一一時すぎ、音生が帰ってきた。居間のドアを開け、テレビを見ている哲生と彩子に、「三月末で北国建設辞める」とだけ言ってドアを乱暴に閉め、二階へ上がっていった。

「なに?」と彩子が不安げな表情をしてソファから腰を浮かした。

「待て、僕が訊いてくる」

哲生は梯子段を駆けあがり音生の部屋のドアをノックして開けた。分厚いファイルや書類が溢れでたダンボール三箱、本がぎっしり詰まったスチール製の本棚四架が四畳半を狭苦しくしている。音生は哲生を待ちかまえる姿勢で立っていた。

「どうしたんだ、会社でなにかあったのか?」

「去年の四月から」と音生は答えた。「関東財務局の人たちと、境界の仕事やらされてるけど、入社のとき、そんな話なかったんだ。今年も続けることになりそうだが、もうイヤだな。土曜、日曜なし、サービス労働で、体がもたないよ。それに、あれはかなりヤバイんだ。巻き込まれたくない」

「境界」というのは、国と民間の土地の境界のことだが、音生が一体どんな業務に関わっているのか、哲生にはよく分からなかった。

「このごろ所長がよく『君に責任とってもらうぞ』と脅すんだ」と音生は眉間に険しい皺を寄せた。

「お前は平社員で権限持たされてないんだろ。だから責任なんてないはずだよ」

会社が難癖つけて辞めさせようとしているんだな、と哲生はハッキリ感じた。

「今夜はもう遅いから、また休みがとれたときにゆっくり話そうや」と言って、哲生は音生の部屋のドアを閉めた。

音生は毎朝七時に家を出て、帰宅はたいてい夜の〇時～一時ごろ、それから風呂に浸かり、彩子が用意しておく晩飯をキッチンで食べて、就寝は二時近い。今年は元旦にも出かけていった。よく体を壊さないでやっていられるなと感心する半面、いつまで続けられるのか、と哲生は不安を覚えさせられていた。

「どうだったの？」と彩子は怯えた表情で哲生にたずねた。

「うん、辞めることになりそうだな。……まあ、しかし、あそこは定年まで勤めるような会社じゃない」

その夜、寝床に就いてからも、隣りの彩子は何度も吐息をついては寝返りを打っているので、

「眠れないのか?」哲生が声をかけると、

「胸の動悸が止まらないのよ」と彩子は答えた。

哲生はいつしか眠りに入ったが、明け方、彩子がトイレへ起きていったとき、目が覚めた。もどってきた彩子が「ねえ、ねえ、あなた」と話しかけてきた。

「なんだ」

「音生のこと」

「そんなことは分かってる。音生がどうした?」

「……やっぱり辞めない方がいいのじゃないかしら」

「いや、どうも会社の方が辞めさせようとしているようだな。そうなると、残ろうと頑張ってみても居づらいばかりだ」


三月二十日、音生は北国建設を退職した。三年近く勤め、もう満で三十四歳、やっと定職に就けた、そろそろお嫁さんのことを、……と彩子は思っていたろう。

四月半ば、北国建設から離職票が届くと、音生はハローワークへ通いはじめた。五月に入って、二つ三つの求人の紹介があり、面接を受けにいったが、どれも不合格に終わった。なにしろ採用

一名の求人に求職者何十名ということも珍しくなかった。北国建設のときも、音生は五十九番目の面接だった。もっとも、待遇や労働条件で折り合わず断わった応募者もいたのかもしれない。北国建設東京事務所は、湯島駅から徒歩で五分、社員六名、新潟にある本社は社員五十名ほどの規模で建設事業を行なっている。東京事務所は主に関東財務局の委託業務を請け負っており、音生の職種は一般事務で「委託業務に係わる事務及びパソコン入力作業」だった。哲生は音生がようやく関東財務局という北国建設にとって大切な顧客との接衝を受け持たされるようになり、内心喜んでいたのだった。

音生は家に居る日が多くなった。朝からなにも食べず、夕方まで眠っていたり、起きていても部屋に引き籠もったままだ。彩子はいらいらし始めた。たしかに音生はずっと前、行政書士の受験勉強をしていたとき、引き籠もったことがある。だからその懸念はあったが、しかしやはりこれまでの疲労が溜まっているんだ、しばらくは休養をとったらいい、と哲生は大目にみることにした。

音生がハローワークと喧嘩してきたと聞いたとき、哲生は黙って肯くしかなかった。むしろ一年～三年で解雇するような会社を事務的に紹介しつづけているハローワークに憤りを覚えた。

六月に入った。雨の降るじめじめした夜、哲生が都内での知人の通夜から帰宅するや、彩子がうろたえた様子で、

「今日、警備会社から電話があったのよ」と伝えた。「音生の身元調査だったわ。週三回アルバイトすることになったらしいの」

翌朝、帰ってきた音生に、

「お前、バイトするのか？」哲生が確かめると、

「遅くとも七月中には就職決める。それまでのつなぎだ」と答えた。

「もう自立しなくてはいけないよ。お前、自分でよく分かっているとは思うが」と哲生はこれまでに何回も口にした言葉を呟いた。

音生の生活は昼夜の区別がなく不規則になってきた。せっかく彩子が用意した食事には手をつけなくなり、コンビニでおにぎりやサンドイッチ、カップラーメンなどを買ってきて食べた。

ある日の午後、哲生は自分の部屋で本を読んでいたが、コトリという音もせず、気味悪いほど静まりかえっている隣りの音生の部屋が気になりだした。ドアをノックして、

「おい、音生。生きているのか？　大丈夫かね？」と半ばふざけ口調で声をかけた。

返事がないので、ドアを開けると、寝間着姿の音生が敷布団に仰向けで寝ていた。

「バイトの方は休みかい？」

「電話かかってきたら、出かける」

「お前、夜の警備員をやっているのか？」

音生は答えなかった。

「正社員にしてくれる会社を探すんだよ」

そう言い置いてドアを閉め、哲生は自分の部屋へもどった。

しばらくすると音生は起きだし、階下へおりていき、洗面、トイレをすませてきた。頭髪にドライヤーをかける音がし、三時半ごろ出かけていった。

さらに二か月ほどが過ぎ、八月中ごろの午後、音生が哲生の部屋へ入ってきた。

「引越しする。連帯保証人が要る」

と音生はぶっきらぼうに言い、机の前に座っている哲生へ二枚綴りの書類をさし出した。

杉並区井草、木造二階建てアパート1K、洋間五・五畳、キッチン、水洗トイレ、シャワー、冷暖房エアコン、家賃四万八千円。

「そうか。いよいよ家を出るか。就職決まったのかね？」

音生は頭を横に振った。

だったら、もう少しここにいたらいいじゃないか、部屋代や食費が助かるだろう、と言おうとして思いとどまった。音生はもうこの家に居着いて八年にもなる。

哲生は階下へいき、実印をとってきた。

「どんなアパートだい？　一度、母さんと二人で見に行かなくちゃな」

「いいよ、来なくても」

音生は実印を押した書類を受けとるや、昂ぶっているらしく顔をまっ赤にしながら、ドアも閉めずに出ていった。

数日後、音生は運送屋の小型四輪トラックに同乗してきた。座机、蒲団袋、ダンボール箱五個を積んでいった。見送りに門の前まで出た哲生と彩子には一言の口もきかなかった。


一年が経った。

その間、彩子は音生へ手紙を書いたり、電話をかけたりしているようだったが、「分からん子」とか「どうしてあんなに強情なの」と愚痴をこぼすだけで、哲生にはなんの報告もしなかった。

ある日、朝食のとき、

「ゆうべ夢でね」と彩子は話しはじめた。「音生差出しの宅配便でダンボール箱が四つも五つも届いたの。胸騒ぎしはじめたとき、そこへ音生がひょっこり帰ってきたのよ。黙って二階へ上がっていくから、どうしたの？　なにかあったのって聞いても返事しない。心臓がドキンドキンしてきて、目が覚めたわ」

「どうしてるのかな。ちゃんとした職に就いていてくれてるといいのだが」

「警備員しているようよ」

「なに、まだそんなことしてるのか」

哲生は意外な気はしなかったが、それでもショックを受けた。

「いいわよ。もう自分の責任でやっていることなんだから」

と彩子は諦めきったような顔をして俯いた。


音生、お前は工業大学三年のとき、法学部へいきたい、と言い出したよな。大学時代、理系から文系へ転向する学生はいる。珍しいことではない。だがお前は、当初、大学へも行きたがらなかった。

父さんはお前が高校のころ「職業に貴賤の別なし」と言ったかもしれないな。レールに乗りつづけるような人生は「退屈だよ」とも。

父さん自身、若いころレールから外れ並大抵でない苦労をした。それでも自由に憧れた自分を悔いてはいない。将来、お前はなにかやってくれるのではないか、という期待もあった。だから母さんの反対を抑えた。やりたいことを存分にやらせてみてもいいのではないか、と母さんを説得したんだ。やはり親の欲目だったのだろうかね？


松戸市立図書館へ本を返しにいく途中、哲生は解体工事の現場に出くわした。その場所は旧水戸街道に面しているが、以前にどんな店が並んでいたか思い出せない。すでに建物の解体が終わり、跡地に二台のパワーショベルカーが入り込んでいる。廃材の搬出が始まろうとしていた。

その出入口に一人の警備員が立っていた。ヘルメットをかぶり、紺色の制服、白いベルト、緑と白の縞線が入っている腕章、マスクをかけている。

パワーショベルは瓦礫を掬うと、猛々しげに首を上げ、もの凄いスピードで廻り、ダンプカーの荷台へ落下させた。と同時に粉塵がもうもうと舞い立ち昇った。

二時間ほどして図書館からの帰り、再びその現場を通りかかったとき、まだ同じ警備員が同じ出入口の前に立っていた。ヘルメットからはみ出た髪には白毛が混じり、五十代半ば、肩が力なく頼りなげにみえた。白手袋をはめた両手を閉じたり開いたり、足踏みしたりして所在なさそうだった。


お前は大学法学部の受験に失敗したあと、アルバイトを転々としていたが、幸いなことに五井建設に拾われた。もう一度、正規の人生へ復帰するチャンスが訪れたんだ。レールに乗ることができ、そのまま定年までいこうと思えばいけたはずだ。

五井建設は地下工事が専門の小さな会社だったが、待遇も労働条件もよく、もちろん社会保険完備、財形貯蓄までしてくれていた。お前が三年余り勤めて辞めた年、「技術の木沢音生と呼ばれるようになれ」と会長さんの年賀状には書いてあった。期待されていたのになあ。

あのとき、なんの前触れもなく宅配便でお前のダンボール箱がいくつも届いたので、母さんは驚きうろたえ、だから今ごろになってもその夢を見るんだよ。

お前は三年ぶりにわが家へ帰ってきた。なぜ辞めたんだという父さんの問いに、「この不況で、五井建設には半年先まで仕事が入ってないんだ」とお前は答えた。そして、行政書士と測量士補の資格を取得したい、専門学校へ通いたい、と頭を下げた。まだ法律関係の道へ進みたいのか、と父さんはお前の強い志に感心させられたのだったが……。


日給――八時～一七時（日勤）八千円、（夜勤）九千円。交通費規定内支給、制服貸与、残業手当有、週払ＯＫ、直行直帰制。

〈幅広い年代の、個性豊かな人が活躍中。元気なら七十歳でも働けます。〉

〈警備の仕事って、そんなに大変？　一般的にはキツイというイメージがあるかもしれません。けれど、楽しくてたっぷり稼げる仕事ってそんな簡単にあるでしょうか。それなら少しでも好環境、好待遇な職場がいいですよね！〉

〈シフト自己申告制。一週間ごと、あなたが働きたい日を選んで勤務できます。レギュラー勤務からゆっくり勤務までシフト自由。プライベート充実。〉

こんな自由に騙されていると、行き着く先はホームレスだ。

〈この仕事の自慢しちゃいます！　未経験からでも現場のリーダーになれます。正社員になれるチャンスもあるんですよ。〉

チャンスとはいっても、あれこれの難癖をつけられてなかなか正社員になれなかったこと、また正社員になっても辞めさせられてしまったことはお前もいくつかの会社で経験しているよな。

お前は測量士補の試験には合格したが、本命の行政書士の方は落ちた。その間、お前は半年余り、夜間の専門学校へ行き、夜通し受験勉強して、昼間は雨戸を閉め切った部屋で寝る生活を続け、それで蒼っぽく病人くさい顔になっていた。母さんが今も引き籠もりを恐れているのは、そのときのことを思い出すからだ。

お前は仕事探しに出かけるようになった。そして一週間後、父さんの部屋へきて、「勤め口、決まったから」と言った。

「いやに早いじゃないか。どんな会社だね？」

常磐線の綾瀬駅近くにある東和建築測量という有限会社で、従業員は二十名、時給千円のアルバイトだった。社会保険はついていない。しかも労働条件が悪い。あちらこちらにある現場へ車で行くため早朝五時半までに綾瀬駅前集合、勤務時間は八時〜一七時だが、現場と綾瀬駅前の往復時間には支払われない。建築測量とはいっても「墨出し工」で、常時募集中ということは、よく人が辞めていく仕事にちがいなかった。

しかし父さんが驚いたのは、東和建築測量で五日働いたお前が「感じのいい会社だから、三年くらい勤める」と嬉しそうに言ったことだ。三年くらい……。最初は、まだ自立のことをそんな程度にしか考えていないのか、とがっかりして、

「お前、アルバイトといっても、もう学生じゃないんだからな。将来性を考えないと、歳はどん

どんとっていってしまう。遅くとも三十歳までには家を出るんだぞ」

こんな当たり前の助言は、もうお前も聞き飽きていたろう。そういうことじゃないんだな、とそのとき父さん感じた。すると突然、お前自身のことが分からなくなったんだ。

それから十日ほどして、お前は東和建築測量を辞めてきた。頻繁に立ったりしゃがんだりする作業で、腰を痛めてしまった、とバツ悪そうに言いわけした。大学のころ、椎間板ヘルニアやったことあるしな。「体が元手なんだ。大事をとった方がいい」父さんはひとまずほっとした。

お前が「墨出し工」を辞めた次の日から、父さんはお前に求人情報誌や新聞の求人欄などの目ぼしい勤め口に赤マークを付けさせたよな。そして夜、父さんの部屋で二人してあれこれと検討した。

そのうちに土地家屋調査士という職業に目をつけた。土地家屋調査士は、お前がこれまで勉強してきた測量と法律の両方に関係している。国家試験があって難しそうだが、それだけ価値のある資格にちがいない、と父さんは思ったんだ。

ごく稀に土地家屋調査士の補助者という求人を見かけた。そうしてお前は、駒込にある城石測量事務所の面接を受け、採用された。所長は四十歳くらいの人。所員は三名。時給は九百円のアルバイトだが、その求人広告には「正社員登用の途あり」とあった。

半年の間、お前は朝の事務所掃除から使い走りと雑役に追い回されていた。しかし、

「バイトはバイトでも、将来につながるだろう」と父さんは言って聞かせた。「修業の身だと思うんだ」とカリカリしているお前をなだめた。「正社員になるには資格をとることだな。そうすれば城石測量事務所にこだわることもないさ。今は勉強する時間がなくても、現場で教えてもらっているんだろ。体で憶えたことが先々役に立つはずだ」

二人の所員が横領事件を起こして解雇され、あとの一人も辞め、お前だけが残った。チャンスがきたのだ。だのに所長はお前をこき使うばかりだったらしい。

「先生は人員補充すると約束しながら、三か月たっても実行しない」とお前は憤った。毎朝五時に起き、夜は一一時すぎに帰る。睡眠は四時間。「休みの日に寝溜めしているけど、これでは試験勉強どころじゃない」

所長は最初からお前を正社員にする気などなかったのではないか。

「じゃ、どこか他の測量事務所を探して移ったらどうだ?」

お前は城石測量事務所を自己都合で退職した。ただ、同時に土地家屋調査士への途も諦めてしまったことについては、父さん釈然としなかったのだが……。

〈夏は警備員にとって一番つらい季節。真冬なら着込めばなんとかなるが、夏は裸になりたくてもそういうわけにいかない。四〇度を超える覆鋼板の上で、車の排気ガスを胸いっぱいに吸い、ときどき咳き込みながら、警笛を吹き鳴らす。〉

やっぱりな。今ごろ、お前も骨身に沁みているのではないか。

〈私は長年、警備員をしている。正直いうと、この職業は好きではない。けれども、警備員をしている人間は好きだ。ときには、いとおしい。こんな辛い仕事をガンバッテやっている人たち。それだけで充分価値があるような気がする。〉

父さんは最初、これはお前が言っているのではないかと錯覚しそうだったよ。……でも、それで前途は拓けるだろうかね？　お前は五井建設や城石所長に同情していたが、よぎなく退職したお前の方こそ同情されるべきだったのではないかね？


朝の一〇時すぎ、家を出て、北小金駅に近づいたとき、哲生はヘルメット、黄色い幅一〇センチほどのV字の付いたベスト、紺の制服を着用している四十年配の警備員を見かけた。赤いプラスチックバーを振ったり回したりして交通整理に当たっている。赤い円錐状の標識と黄と黒の縞模様のバーで囲った作業帯があり、立看板には「電話工事中。大変ご迷惑をかけています。酸素欠乏危険場所」とあった。

松戸駅に着いたとき、雨が激しく降っていた。伊勢丹へ買物にいく途中、マンション建築現場があり一人の若い警備員が透明なビニール製レインコートを着て立っていた。

すっぽりとブルーシートの覆いがかぶせてあるので、よく分からないが、建物の骨組みだけはほぼ仕上がっているらしい。その警備員は一か所から動かなかった。「関係者以外立入禁止」の看板を立てた出入口のわきで傘もささず、ヘルメットから雨滴がしたたり落ちている。

警備員の仕事は、「墨出し工」と同じく、辞める人が多いから、いつも求人募集しているんだ。父さんも、もう満で七十二歳になる。

お前、いつか屋台やってみたい、と言ったことがあるよな。人に使われたくないのなら、自営業という道もある。ただし屋台はいかん、店を持った方がいい。カレーライスの店はどう？　と父さんは聞いた。カレー専門店でバイトしながら調理士の専門学校へ通ったら？　と。ところが、お前は無表情、なんの反応もみせなかった。

音生、一体、お前は何者なんだ？　父さんをこれほど困らせるお前は、どうしてどうして一筋縄ではいかない、大したもんだよ。

お前はおっそろしくのろのろと自分探しをしているのだろうか？

仕事だけが人生ではない、とはだれでも一度は思うことだ。自分自身に正直に問いかけてきたんだろ。生理的に違和感があって、拒んできたのだろ。でも、そうしてお前は収入が少なくても、その分働かなくてよければ、それでいいと考えるようになったのかね。

お前は城石測量事務所にいたとき、飲み会でぶっ倒れたことがあったが、以来、酒を断った。タバコもきっぱり止めた。八十八歳になる母さんの母親のように病気にはとても用心深い。お前はどうやら長生きしたいと願っているらしいな。いや、それならけっこうなことだ。そのことは父さんを一応ほっと安心させてくれる。

お前は意外としたたかなのかもしれないな。ひょっとして自分では知らずしてナマケモノという動物になろうとしているのではないのか。ナマケモノは葉っぱ一枚で数日の間生きることができる。東南アジアのどこだったか、土地開発で森林が伐採され、他の動物が絶滅の目に遭ったというのにしぶとく生き延びているそうだ。

いや、それでやっていければ、立派なものさ。父さん、褒めてやってもいい。しかし……。

朝九時、哲生は家を出て、北小金駅から乗り、一つ目の新松戸駅で降りたとき、混雑する乗客のなかに紫のヘルメット、胸にオレンジ色のV字、青い制服を着た高齢の警備員を見かけた。メガホンを口に当てて、

「ただいま階段は左側通行になっております」と大声をあげている。

「エレベーター設置工事に伴い、来年三月下旬まで柏寄りの階段は閉鎖となっております。松戸寄りの階段をご利用ください」

新松戸中央病院からの帰り、銀行のＡＴＭで年金の振込みを確認し、金を引き出していたときだった。ふとアルバイトでその日暮らしをしている音生の顔が彷彿としてきた。

新松戸駅へもどり、ホームへ上がると、今度は小柄な眼鏡をかけたおばさん風の警備員が立っていた。電車が到着し、乗客がどやどや下りてくると、

「ただいま階段は左側通行となっております」とメガホンで連呼しはじめた。思いがけず艶っぽく若々しい声だった。「ご迷惑をおかけいたしますが、ご理解、ご協力をお願いします。足元には十分ご注意ください」

いつまでもアルバイトでいいわけがない。病気で寝込んだりしたら、どうする？　その間、収入ゼロだ。哲生は焦燥してきた。ともかく一度会ってやらなくちゃいかん。家に帰ったら、電話してみることに決めた。

スローモーな切断

環君。

今度は、転職の話をしよう。

僕は昭和三十三年五月、満二十三歳のとき上京して以来、三年の間に三回転職して、その経緯はもう十年も会ってない君に向かって延々と独り語りしてきた。ところが四回目の機械工具新聞社でも二年ほど勤めているうちに、また転職のことを考えざるをえなくなってしまった。

この春休み、大学を一年留年することになった君が「伯父さんに会いたい」と、わざわざ札幌から上京してくるのだから、実のところ伯父たるこの僕もなにをどう話したらいいんだろうか、とずいぶん緊張させられているんだよ。

「職業は人間の単なる一部分、大事なのは肩書きではなく、自分がどんな人間かを真に表現することだ」と言う人はけっこういる。それだけ、好きなことを職業にできるこの上もなく幸せな人は少ないからだろう。

また僕のように、自分のしたいことが収入とはつながらない場合、収入は別途に考えるしかない。最低、食べていけるだけの収入があればいい。ところがそんな働き口でも自由な時間は得られなかった。だから今度の転職は、これまでのような安易な決め方ではいけない、僕の一生を保証してくれる会社を選ばなくてはならない。

僕はなにか価値のある資格とか特技をもってはいない。齢はとってきている。

まず大企業への転職はムリ、日本社会の、数では九割以上を占める中小企業に拾ってもらうしかない。けれどもピンからキリまである中小企業のどこかを選んだとして採用されるとはかぎらない。

もう、お神籤を引くようなものだ。人間、運任せをすることになってはおしまい、と僕は思っていたのだがね。しかも、このお神籤の吉か凶かはその場では分からない。一年先になって凶と出ることもある。実際、僕がどこの会社の、どんな職場の、どのような人たちと出会い日々関わることになったたか?……

さあ、今からその一部始終を順々に話して聞かせよう。

一

僕は昭和三十六年十月、満二十六歳のとき、機械工具新聞社に取材記者として採用されたのだったが、その後、社長に願い出て、整理部へ移籍した。けれども、やがて日々、新聞の紙面の空白を埋めるのにカリカリさせられてきた。

取材記者のどんな原稿も、ほとんど没にしないでいる。それでも、まだ足りない。やむをえずに自分で原稿を書いた。といっても、僕は整理部主任であるから、外を回って取材していない。あちこちの企業から郵送されてくるカタログ類の内容を適当にアレンジしたり、締切り時間が迫っているときにはハサミで切り抜きノリで貼ったりした。とにかく、なにがなんでも白い穴の空いた新聞を出してはならなかったからだ。

この空白は取材記者たちが原稿を書きたがらない結果なのである。

取材記者たちは官庁や団体や企業を回っているうちに、だんだんと業界新聞の果たす役割の空しさが身に沁みて分かってくる。一般の新聞記者に比べて、取材にはまだ別のあれこれの関所が待ちうけていた。関所をパスするには、人に知られたくない屈辱を味わわなくてはならなかった。

それでもそれ相応の給料を受けていたら、やりがいはあったろう。給料が低いために、有能であるはずの取材記者さえ取材せずに記事を書くようになる。やがてはそんな手抜きしている自分に嫌気がさして書かなくなってしまう。

やっていることが無価値だから、空しい。では、価値あることをすればいいではないか。整理部は、取材記者たちの書きなぐった原稿を整理し印刷所に出向いて校正や割付けや大組みをする。技能系であり、なにほどか価値があることのように思えた。けれども結局のところは無価値な原稿で紙面を埋める業務にすぎず、空しかった。

機械工具新聞社で、もし本気になってやろうとするなら、営業部へいくべきなのだ、と僕は考えるようになった。営業とは、広告取りをすることだ。歩合制セールスであるから、自力で金を稼ぐことができる。社長の顔色をうかがったりせず、社員であっても独り立ちしてやっていける。だが、セールスするなら、いつか池上編集局次長が言っていたように、「車とか、化粧品とか、本とか、別の商品を選んだほうがいい」にちがいなかった。

機械工具新聞社は社員数が四十名、週二回大判四〜八ページの新聞を発行している。社屋はモルタル塗りの二階建て、田町駅から歩いて三分、札の辻停留所の近く、都電通りに面していた。

事業部の金森は、月岡部長の下でイベントの企画立案、実施に従事するかたわら、不定期刊の雑誌『機械工具』を一人で担当し、彼の得意先にあたるメーカーやディーラーの特集号を出している。彼はその広告を取ってくるが、記事を書くのは苦手で、ときどき僕に応援してくれと頼みにきた。

午後一時前、金森と僕は大崎駅近くにある杉浦精機製作所を訪問した。二人は社長室へ通されソファに座っていたが、半時間近く待たされた。現われた社長はまだ三十代半ばに見えた。

「アイデアの限りなき開発、――それが、わが社の一大スローガンである」

そして社長はよく透る声で、アイデア一般について論じはじめた。僕は手帳にボールペンを走らせた。だが、しだいに胸中が切なくなってきた。たぶんに生理的なものなんだ、と思った。事実、僕の身体はひどい脱力感を覚えていた。

雑誌『機械工具』には、ここ三号ほどつづけて関わってきた。整理部主任である僕の業務ではなく、断わってもよかった。関わったからといって、特別手当がつくのでもなかった。とすれば、このことに限っていえば、僕は金のためにしているのでない。金森に頼まれてきたが、彼への友情のためとも違う。では、なんのために？　なんのためでもない。すると、僕がこの社長室で社長の話を聞きながら手帳にボールペンを走らせていることは奇妙な行為でないのか。わざわざなんのためにもならないことをするほどゆとりのある身でもないのに。……

けれども、この行為は多少とも僕の気持に適っている。してみると、むしろ前からの僕の虚しい気持がこの行為を招きよせたのかもしれない。

このごろ僕の身体はときおり虚脱し浮遊しているようであり、なにかのはずみにどこへでも連れていかれそうだった。

もう、こういう仕事は身体がイヤがっているのだ、と僕は思った。

杉浦精機製作所の門を出ると、金森は僕を喫茶店へ誘った。

「うまく、まとめられる？」

僕が肯くと、金森はほっとした表情を見せた。

「だけど、今日で、おしまいにする」

「え？　なんで？」金森はあわてて聞き返した。

「だって、余計なことだもの。特別手当もらっているわけじゃなし」

「いや」と金森は遮った。「そのことは、僕から社長に話すよ」

「特別手当がつけばいいというものでもないしさ。正直、もうこんなことには、うんざりしてしまったんだな」

しばらく沈黙が続いた。

「分かるだろ？」

金森はちょっとあわてたように「分かるよ」と同意した。

金森は僕よりも一つ年下の二十七歳、浅黒い顔、ハスキーな声、背は低いが硬太りで「押出しがきく」と社長が褒めていた。いつもブランドものを身につけている。自分の眼鏡やネクタイや腕時計について講釈するとき、幸福そうで満面にこやかになった。半年前、どうして機械工具新聞社に入ってきたのか、僕はその経緯を知らない。金森も話したがらなかった。

「君はさ、なぜ書くことが嫌いなんだい？」と僕はたずねた。

「辛気くさいよ」と金森は珍しく顔をしかめた。「いや、それではいけないんだけど。木沢さんには、すまないんだけど」

「それでよく新聞社なんかにきたもんだね」

「セールスするんだもの。どこだって通用するよ」と金森はそっけなく答えた。

「そうか。それは、そうだよね。僕、このごろ、セールスに興味がある。セールスできる人って、感心するよ」

「木沢さん、実は僕ね」と金森は急に声を低めて言った。「近いうちに、会社辞める」

僕は「そう」と軽く肯いただけだった。中途で入退社する社員の多い会社だから、珍しいことではなかった。が、金森はちょっと拍子抜けしたらしく、辞めてからどうするのか、行く先が決まっているのか、僕は知りたかったのに、それっきり口を閉ざしてしまった。

次の日の昼休み、金森が僕の席へきて、

「特別手当のことね。ゆうべ社長と呑んだとき、それとなく打診してみたよ。そしたら、出さないんだってさ」

と、すまなそうな顔をしている。

「気を遣ってもらわなくてもよかったのに」僕は別に期待していなかった。が、社長に対して不愉快になってきた。

夕方、僕は社長の席へいって、直談判した。

「うん」社長は当惑げな表情をみせ、「しかし君さ、『機械工具』は、なにも君が手を出さずともいいことじゃないのかね。僕の口から、やってくれとは頼まなかったよ」

「金森君は社長に僕のこと話してなかったのですか。いや、僕、知りませんでした。では僕が金森君に頼まれたとき、社長にお伺いをたてるべきだったでしょうか？　でも、うちは、どの業務もそういうふうじゃなく、やってきていますよね」

やはり社長は特別手当を出してくれなかった。そのかわり、給料前借りは了承してもらった。間借りしている都営住宅の家主から追い立てをくっていたのだった。

四月末の日曜日、僕は足立区普賢寺町の都営住宅から世田谷区弦巻町にある栄荘というアパートの六畳一間へ引越した。


環君。

僕が機械工具新聞社に二年近く勤めていて、その間、なにが一番の問題だったのですか？　と聞かれたら、そくざに「空虚」と答える。

空虚というのは、毎号埋めなければならない新聞の紙面の空白とか、取材記者の仕事自体の虚偽とか、なんのためでもないことをしている空疎とか、浮遊していてどこへでも連れていかれそうな身体の虚脱とか、――それらはどれも空虚と言いうるものの、それぞれ多少とも性質を異にしている。しかし、僕はここで、それらを一まとめにして括弧に入れ、「空虚」とさせてもらう。

それは僕が独得に有する空虚、僕の空虚といっていい。

いや、便宜上、そうするのではない。

そのような「空虚」――その一つの極へと集中させる力がはたらいてもいた。どこか、僕の与かり知らないところで。似たもの同士はくっつき合う、あるいは類は類を招くという力が。

その結果、「空虚」の内実は固定していない。つまり、「空虚」は日々初めての空虚的な事態に出くわしたとき、なにかを取り込んだり放出したりして、自己更新していくからだ。

そして、それらはそれぞれ互いに少しずつ異なっていても、僕を追い立てるということでは一致し協力していたからね。

そう、「空虚」は僕をしつこく追い立てつづけた。それはたしかに僕の体内のどこかに出没し、まるで生きもののように活躍していたんだ。

二

栄荘に着いたその日の夕方、荷物を片づけているとき、黒のマジックペンで「就職関係」と書いた段ボール函が僕の目にとまった。以前にいくつも受けた就職試験のときの書類や資料が詰めこんである。

　段ボール函の蓋を開け、なかをかき回していると、細紐で縛った見覚えのある紙袋が出てきた。胸中に漠とした不快な感情が甦った。これは捨ててしまってもよかったのである。近い将来、なにかのおりに参考になるかもしれない、と迷ったあげく一応残しておくことにした。けれども苦い気持は消えず、いつでもぽいと捨てられるように縦横ぐるぐるに縛りあげたのだった。

　細紐をハサミで切り放って、紙袋を逆さまにして振り、中身を畳の上にぶちまけた。履歴書、戸籍抄本、上半身無帽の写真。束ねてゴム輪のかけてある応募した会社から送られてきた二十通ほどの封書。僕は封書のなかから便箋を抜きとり、一通ずつ目を通していった。書類選考、筆記試験、面接、身体検査、——と、各社、落ちた段階別の順序に振り分けてみた。それから一字一字ていねいに読みはじめた。

『……書類選考の結果につきましては、できるだけご希望にそうべく慎重に検討いたしましたが、何分にも応募者が非常に多く真に残念ながら、ご期待にそえないこととなりましたことをご通知いたします。お預かりいたしました関係書類一切同封にてご返送いたしますから、なにとぞご査収ください。』

〈文化に貢献、社会に奉仕、ウグイスのマーク、世界のマーク〉のこのレコード会社には、もしかすると千人もの応募があったのではないか。抽選のようなものだ、とそのときそう思って自分を慰めたのだった。

『……しかしながら筆記試験の成績により、貴殿にはご断念願うことに決定しました。右、不悪御了承下さいませ。』

ドイツ光学機械輸入商社からの返事であった。設問が二つだけで、両方とも歯が立たなかった。おそらく0点に近かったろう。

『……さて面接の後慎重に銓衡を進めました処、残念ながら貴殿は今回の選から洩れる事になりました。この度はご縁がありませんでしたが今後益々御健勝にて御発展あらん事をお祈り致します。』

これはコマーシャル・フォトの制作会社で、僕は筆記試験に合格したのであった。中途採用の場合、面接はどこの会社も重視している。僕の経験では、筆記試験がなくても面接は必ずあり、その逆のケースはなかった。

ところが僕は、面接にさえパスしたことがあったのだ。

『……再三ご来社くださいまして真に有難うございました。身体検査の結果、今回あなた様に履歴書をお返しすることになりましたことを甚だ残念に思っております。』

外国人に日本語を教える財団法人で、合否の通知を待っている間、宗教心のないはずの僕がわれ知らず両の手指を組み合わせ天に祈っていた。このときの徒労感は一しおだった。身体検査は必ず書類選考、筆記試験、面接をパスしたあとに行なわれたからだ。

僕の肺は、保健所の診断書によれば「右肺硬化性結核」であり、レントゲン写真には影が出た。

履歴書の健康欄に「良好」としておくと、レントゲン検査でひっかかったとき、この財団法人の場合のように採用されない。はじめから「既往症」では、やはり書類選考で分が悪い。その点「良好」でいけば不合格の理由が「既往症」でなかったと分かりはするものの、この場合は、結局のところ身体検査をしないが健康保険もない会社に行き着くだろう。

最後の一通の便箋に目を通したとき、僕は微笑せずにいられなかった。

『先日は御多忙の折、面接に御来社頂き誠に有難うございました。当社に於いて種々検討の結果、採用と決定致しましたので、来る九月二十五日午前一〇時筆記具、印鑑、持参の上、御来社下さい。』

面接に現われた四十がらみの男は顔が日焼けして赤黒く、疲労困憊しているように見えた。僕にしじゅうお追従笑いをし頭を下げていた。気の毒なことをした、と今でも思う。東西商事という、不動産が主要な業務の会社で、八重洲に五階建てのビルを構えていた。筆記試験も身体検査もなかった。怪しげな空気が漂っていた。その正体は入社して一、二か月もすれば分かるだろう。けれども僕にはそんな道草をくっている余裕などなかった。……が、あのとき僕は丁重な断わりの手紙を書いた。入社後にどんな目に遭うかもしれない会社であったにしろ、とにかく合格通知は僕をひどく元気づけてくれたからであった。

僕は新聞の求人欄に目を通しはじめた。

あい変わらずセールスマンの募集は多かった。固定給プラス歩合給とあればむろんのこと、「得意先係」「開発調査部員」「情報企画部員」「新部門設立」「業務拡張」等々、いずれも要するにセールスマンを募っているのである。しかし僕もすでに満で二十八歳、受験の機会が得られるだけでも有難かったから、そう選んでもいられなかった。日に二、三通履歴書を書いて送った。

五月上旬のある日、文京区湯島で学術図書を出版している学海社から採用試験の通知を受けた。そこは営業局販売部員を募集していた。セールスだろう。が、学術図書なら、商品価値に疑いはない。セールスをやってみよう、と決めた。

朝、雨が降っていたので、コウモリ傘をさして出かけた。学海社の建物は五階建て、アーチ型のファサード、アカデミックな赤レンガの壁、五角形や半円形の窓ガラス、出窓もあり、洋館のごとき外観を呈している。採用若干名だったが、応募者は二十名近くきていた。僕のこれまでの経験からいうと、意外に少なかった。筆記試験は午前一〇時から始まり正午前には終わった。いくらか望みがもてたのは、履歴書に「既往症」と明記しておいたのに、受験できたからである。あるいは学海社のほうで、うっかりして「既往症」を見落としたのだろうか？　栄荘に帰り、夜遅くなってからも僕は落ち着けなかった。

座机の上には、引越しの片づけをしているときに見つけたアルバムが一冊置いてあった。手にとり開いていくと、なにやらスーとすべり落ちた。貼り忘れた八ツ切りサイズの一葉のモノクロ一ム写真だった。それは機械工具新聞社の僕の席の後ろにある本棚のスクラップ・ブックのなかに挟んであった。持ち主が分からないので、池上編集局次長に頼んでもらい受けた写真だ。

無人の風景。――山に登る途中、石ころの多い川原に出たのだろう。川ぶちに灌木の繁みがつづき、空には入道雲が盛りがっている。カンカン照りなのに風がかなり強く吹いており、あちらこちらの葉群がいっせいに裏返しになったり、枝や枝と区別のつかないような細い幹がほとんど横倒しになるまで曲がったりしている。灌木の生えた土地は半ば削りとられ、その断層に根株が露出していた。


二日後、機械工具新聞社から帰り、郵便箱をのぞいてみると、速達ハガキが届いていた。学海社からの面接日の通知である。筆記試験にパスしたのだ！　胸の奥から喜びが湧いてきた。……が、まだまだ先は長いんだ、と僕は何回も自分に言って聞かせた。

面接日が近づくにつれ、しだいに緊張してきて、どうかすると身震いが起こった。学海社は、どんな質問をしてくるだろうか？　予めあれこれ考えないほうがいい。もし誤解があって採用されたら、入社後に困るのは僕なのだ。だから身構えず、ありのままの僕を知ってもらわなくてはいけない。

けれども、いぜんとして緊張は続き、不安は退いていかなかった。ありのままの僕といっても、その実明瞭ではない。面接がいつも苦手なのは、つまるところ、僕自身、僕のことがよく分からないからだろう。

僕は所在なく、座机の上に置いたままにしてあるアルバムを開け、いつ、だれが撮ったのかも不明の例のモノクローム写真を手にとった。——半年ほど前、最初目にしたとき、妙にしっくりきた。だが、今はどことなく違和感がある。なぜだろう？　あのとき、この無人の風景に惹かれたのは、僕の内に似通ったなにかがあったからなのか？……

この川原へは行ったことがない。山登りの趣味もない。こんな人けのない場所には、いくぶん苛立ちさえ覚える。それに根株がとび出しているからといって、灌木自身が不安であるとはかぎらない。この土地の状況にちょうど適っているかもしれないではないか。……

環君。

中途入社の試験を受けて不合格になったときは、一しお切られた思いにさせられた。切断といったほうがいいだろう、社会から拒絶されたのだから。

レコード会社、光学機械輸入商社、ＣＭフォト制作会社、日本語学校などの不合格通知は、便箋に打たれたタイプ文字にすぎなくても、一字一字に目を凝らして読み終えたあと、胸を突かれた。

僕は切断また切断という外からの反復を強いられてきたんだ。これらの切断はそれぞれ経緯を多少とも異にしている。が、ここにおいても「空虚」の場合と同じことが起こっていた。そのような「空虚」——その一つの極へと集中する力がはたらいてもいた。どこか、僕の与かり知らないところで。似たもの同士はくっつき合う、あるいは類は類を招くという力が。

その結果、「空虚」の内実は固定していない。つまり、「空虚」は日々初めての空虚的な事態に出くわしたとき、なにかを取り込んだり放出したりして、自己更新していくからだ。

何回も切断の目に遭うと、人は切断そのことに対してきわめて鋭敏になる。切られ方に注意深い目を向ける。切られるのは切るからであり、切る方も同類なんだ。切られると、こちらから切るというやり返しが自ずと生ずる。いや、僕はすでに以前勤めていた学生生活センターや自動車新報社をこちらから切断してきていたのである。

思うに、さまざまな切断、また切断に類することは、「切断」として一に集中していたほうが、切断の危機に瀕したとき敏速に対応できるからではないだろうかね。

三

面接試験は、学海社から歩いていける本郷の学士会館の一室で行なわれた。受験者用の控室があり、僕は朝の九時にきて、長椅子に座り待っていた。受験者は、六人。二〇分ほどの間隔で、先番の受験者が呼ばれていく。

係員が「木沢哲生さん」と僕の名を呼んだ。僕は立ちあがり、控室から出ると廊下を横切って、面接試験場になっている室のドアの把手をつかんだ。一つ深呼吸をした。ドアを開けると、受験者の座る椅子が一脚、室の中央に用意してあった。前方に五人の試験委員が横並びに座っている。ぎごちなく歩いていった。刺してくるような視線を顔や首筋に感じる。椅子のそばまで行き立っていると、左斜めのほうから「掛けなさい！」ちょっと怒ったような声がした。着席し、左の手首を右手で握って膝においた。右手に力をこめたり、ゆるめたりすると、なにほどか自分のバランスがとれるからだ。

「営業局長の永淵です、よろしく」と最初に口を開いたのは、まん中の席に座っている耳のいやに大きい人で、この面接試験の主査らしく思われた。彼がまず簡単な質問から始めた。

営業局長を挟んで、左隣りの席には気弱そうな微笑を浮かべた、しかし体格のがっしりした試験委員が、右隣りの席には若白髪の試験委員が座っている。あと右端の人は禿頭、左端の人はむっつりした表情を見せていた。

営業局長に続いて、その左隣りの試験委員が「販売部長の板倉です」と名乗ってから質問してきた。僕はハキハキと答えた。「まわりの人たちと協調してやっていけますか?」「世話になった人には、きちんとお礼してますか?　たとえば、お中元とかお歳暮とかですね」あまり自信がなさそうで、聞くたびに一々営業局長のほうを向き顔色をうかがった。

学海社の側は、面接試験にあまり慣れていないようにも見受けられた。ときどき質問がとぎれてしまった。そんなとき、こちらから質問をしかけてもよかったが、ちょっと危険に感じられた。以前、たったの一言が致命傷になった苦い目にも遭っていたからだ。

彼らは僕の職歴には目を通している。とはいえ、販売部員の募集だからと、僕のほうで待ちかまえていたセールスについての質問が出なかったのは意外だった。

「健康には、自信がありますか？」と販売部長がたずねた。

「はい」瞬間、肺の既往症のことが頭をよぎった。履歴書には明記してあるが、さっき素通りしていた。「これまでずっと会社勤めしていて、なんの支障もなくきています」と一応の返答を用意していたが、やはりこちらからは言いださないほうがいいという気がした。すると、もう一問、「耳は遠くありませんか？」と右端の試験委員が聞いてきただけで、そのまま無事すんだ。

今日の面接はわりにスムーズにきている。上出来だった。が、このままの調子でいけばいいとは少しも思っていなかった。あまり無難に進行していると、よく試験委員たちの間に不審の空気が漂いはじめることがあった。

営業局長が左端の試験委員のほうを向いて「なにか一言でも」と声をかけた。

「どうでもいいが、人前で不機嫌な顔をさらしていることが、よくあるのか」とその試験委員は僕に怒ったように聞いた。「いや、別に答えてくれなくてもいいよ」

僕はむっとした。が、言い返そうとする自分を抑えた。

いっとき沈黙が続いていたが、

「君は、世田谷区弦巻町に住んでいるのか」と営業局長がやっと口を開いた。「遠くから来るんだね」

「こちらの近くへ引越しすれば、いいですね。そうします」と僕は答えた。

「副社長は、鎌倉から通っておられますよ」と右端の試験委員が隣りに座っている若白髪の試験委員へ話しかけるように言った。

「うん。僕は鎌倉の住人になって、かれこれ二十年になる。君ね、鎌倉はいつのシーズンがいいか知っていますか」

「は？」これまでの質問とはどこか違うニュアンスを僕は感じた。

「鎌倉はね、なんといっても冬が一等ね。今度の冬にでも、僕の家へ遊びに来たまえよ。案内してあげる」

「はい、恐れ入ります」と僕は、とにかくお辞儀をした。

「嫌なことがあると、実際に肉体が変調をきたしたりしませんか？」と副社長は続けた。

「僕の場合、そのとおりなんです」

「君は、ときどき一人旅はやるの？」

「いえ。正直のところ、今はそんな余裕がありませんので」

「霊魂不滅説は信じますか？」

「は、霊魂の……問題につきましては、途方もなく難しくて、まだ僕のごとき……」

「そう」副社長はちょっと失望したように見えた。まんざら冗談でもなかったらしい。

「よろしいでしょうか？」と営業局長が副社長にうかがった。明らかに一目おいていて、口をきくとき窮屈そうだった。

「では」と営業局長は僕のほうに視線を向けた。「もう一度聞くけれども、君は、まわりの人たちと本当にうまく協調してやっていけますか？」

「協調は、まわりの人たちにもよりますが、とにかく僕は、一人ではなにもできない、と思っているのです」

「みんなと協調してやっていけるか、だな」営業局長は、まだ納得できる返答をもらっていない、というようにくり返した。口ぶりがいくぶん投げやりだった。

少しの間、室内は不自然なほど静まりかえっていた。

「とくに親しい友人はいますか？」と右端の試験委員がまわりの空気をはばかったような低い声でたずねた。「相談ごとをもちこまれたり、ね。または君のほうから悩みごとを打ち明けることのできる友人がいますか？」

「ですが、そんなことは別に友人でなくても、したり、されたりします。友人だからといってべたべたしたくありませんので。僕が思うのは、ふつう言われるそういう関係が、関係以外には排他的なのですね。外から働きかけてみると、その冷酷さがよく分かります」

「じゃ君はだ」と右端の試験委員は渋い顔になった。「友人について、なんと心得ているんだね？」

「はい、もうよろしい」と営業局長が遮った。

打ち切り方が唐突だったので、僕はちょっとまごつき、問うように営業局長の目を見た。

「予定の時間がすぎましたから、どうぞ、帰ってください」

営業局長の口調は事務的だった。腕時計をみると正午近く、この室に入ってから一時間あまり経っていた。

四

翌日、機械工具新聞社から栄荘へ帰ったのは夜の九時すぎ、流し台の前に立ってうがいをしているとき、きのうの面接試験のシーンがまた僕の脳裡に浮かんできた。終わりのころになって、やや混乱したが、好意的だった試験委員もいた。久々の面接試験ではあったけれども、大ポカはなかったな、と僕は確信できた。

しかし、もう一度、初めから一々思いかえしてみた。沈黙の間に問題はなかったろうか？　ときどき質問がとぎれ、沈んだ空気があの場を支配していた。あのとき自分がどんな様子をしていたか、と気になりはじめた。

人前で不機嫌な顔をさらしている、と左端の試験委員は僕に注意した。右端の試験委員から、耳は遠くありませんか？　と聞かれた。いつだったか、面接試験の席で、急に気分が滅入ってきた。すると、ものを言うのもおっくうになった。沈黙の間は、もしかすると僕が口を開く番だったのではないか？　そうだ、僕はこのことを恐れていたのだ。

沈黙の間は、なにごとも起こっていないはずだった。が、彼らは僕を観察していた。そのとき僕がどんな様子をしていたか、たしかにその僕を見ていないのは僕だけである。これまでの経験から、僕はそんなときの自分の一番悪い様子を思い描くことができる。腕を組み、うなだれていたろう。そして、しかめ面していたのではないか、――眉間に二本の縦皺をたて、鼻を縮め、上唇をまくりあげ、ちょうど棚にでも頭をぶっつけ痛いと叫んだときのようなしかめ面を。……そうだ、このことは予め、もっと警戒しておくべきだったのだ。

けれども、しかめ面がなぜ彼らの目にはよくない印象を与えるのだろうか？　不審げな視線がしだいに増えてきて、ある瞬間、彼らの期待や好意がふっつり途絶え、敵意が漂いはじめる。では、そんなしかめ面をしなければいいではないか？　顔面には幾本もの筋がひそんでいる。それらの筋の組み合わせと動きで、しかめ面になる。僕の意志が筋の組み合わせや動きを律しているのではない。それに、と僕は思った。――気分が滅入ったときは、しかめ面が適っている。棚に頭をぶっつけた瞬間、人はどうしてしかめ面になるのか。痛いからしかめ面になるのだろうが、それだけではない、しかめ面で自分全体のバランスがとれているのである。……

翌々日になっても学海社からはなんの連絡もなかった。落ちたかな、と僕は早くも残念な気持になりながら、あれこれの推測を始めた。ギリギリの線で不合格、なんとなくそんな感じがした。こちらでやきもきしている一方、あちらではすでに事が決着している。つまり僕は不採用である。すぐ返事をよこさないのは、採用予定者に支障のある場合が考慮されている。僕は面接試験を受ける直前、控室の長椅子に一人座っていた最後の受験者の、つまらなそうな顔を思い浮かべた。

事実、あのとき僕は控室でぼんやりとこう考えていたのだ。——なににせよ、あまり渇望すると、よくない結果になるのではないか。あの受験者に比べて、僕はガツガツしすぎている。合格したら、有頂天になり、雀躍りして、そこらじゅう跳びまわるだろう。あの、なんだかつまらなそうな顔をしていた受験者は、どうだろう。どうでもよさそうで、事実どうでもよいのかもしれないが、合格してもあい変わらずつまらなそうな顔をしている。ところが現実には、合格するのは僕でなく、彼なのだ、と。

それからさらに三日過ぎたが、なんの連絡もなかった。——こうなると、かえって採用される可能性があるとも考えられた。なぜといって、ふつう不採用の受験者には、むこうも長々と係っていたくない。これまでにも、不合格の通知はたいてい数日のうちには届いた。

翌日の昼休み、僕は学海社に電話した。

「少々、お待ちください」と受けた女子社員は上司へ伝えにいったのだろうが、それにしてもずいぶん時間がかかった。電話口に再びその女子社員が出て、「来週早々には、ご返事できるそうですので」と答えた。「どうかそれまでお待ちになっていてください」

さらに一週間たったが、学海社からはなんの連絡もなかった。

僕はまた金森に頼まれ、蒲田駅から徒歩五分、中央鋼機工業所へ連れられていった。いつものとおり取材メモをとった。そこの会長が席を立ったあと、昼食時で、女子社員が鰻丼を運んできた。

中央鋼機工業所の玄関口を出ると、外は眩しいばかりに明るく、もう初夏の陽射しである。金森は僕を喫茶店へ誘った。

「ジェネラル・フーズと河合楽器、二つともパスしたよ」

席に着いた金森は胸を張ったままでその経緯を話した。

「それなら君、一日も早く移ったら？　どうも、もどかしくっていけない」僕はイライラしながら言った。「今よりましだったら、いいんだろ。僕なら、すぐ行くよ」

金森はにやにや笑っている。

「じゃ、次は僕の番だ。ちょっと失敬。電話をかけてくる」僕は勢いよく立ちあがり、外へ出た。

鋪道の電話ボックスに入ると、息をつめてダイヤルを回した。学海社の女子社員は、前回のときのように「少々、お待ちください」と断わり、席を立っていった。しばらくして電話口に「はい、どうぞ」という男の陰鬱な声がしたので、僕はどきりとした。

「先日、面接試験を受けた木沢哲生と申します」

「君がだれだかの見当はつきます。はい、営業局長の永淵です」

「どうも、お忙しいところ、恐れ入ります。おたずねしたいのは、ほかでもないのですが、その……現在のところ、僕はどういうことになっているのでしょうか？　それで先日も電話をさし上げたのです」

永淵局長はいっとき黙っていた。それから「あなたと、もう一人残すことにします」と答えた。なんだか、今そう決めたかのような口ぶりである。

「そうしますと、僕としては、ご連絡を待っていればいいのでしょうか？」

「そうだな」永淵局長は、ちょっと間をおいてから言った。「あなたの都合のいい日に、もう一度来てみてくださいよ」

「では、明日いかがですか？」

「明日はまずいよ」ひどく不機嫌な声が返ってきた。

「そうですか。では明後日は？」

僕の全神経が受話口に集中した。

「うーん。どうするかな……」返事がもたついているのは、スケジュールが詰まっているからか、それとも僕との面接に気乗りしていないからだろうか。「朝の、そうだな、一〇時にしてください」

やっと日時が決まった。そうか、まだ望みはあったのだ！　電話が切れたあと、僕は電話ボックスから出るや喫茶店まで駆けた。

「君、背広貸してくれない？」いきなり僕は金森に昂ぶった声をかけた。「明後日、面接に来いだってさ」

「学海社のこと？」

「そう。同じ背広ばかし着ていくんじゃ、印象よくないだろ。頼むよ。採用候補は二人でね、僕がその一人に入っているんだってさ」

「分かったよ。明日、もってくるよ」

金森はぶっきらぼうに応じた。そして伝票をつかむや、あわただしげに席を立っていった。

その日の夕方、社から帰る途中、まだ髪はさほど伸びてはいなかったが、理髪店に寄った。首から下が白布で覆われた。てるてる坊主のような恰好だ。鏡に映る自分の顔は、思いのほかデコボコしている。右の眉毛が光線のかげんか、とぎれて、その先もほとんどかすれ、寸ずまりに見える。どうかすると、瞬きが多くなる。視線をあちこちに移して、落ち着かない。こんなに瞬いては、やはり相手に与える印象が悪いにちがいない。

しばらくすると、僕の脳裡に二年ほど前のシーンが彷彿としてきた。光洋印刷会社の面接試験のときだった。十名もの試験委員たちが一人一人コの字に並べた机の椅子に座り僕を囲んでいた。僕は急かされたように話していた。ふと気づくと、どういうわけか、まわりの空気が苛立っており、質問をしかけてくるどの声も怒気を含んでいる。

おそらく僕には、彼らの一種動物的な嗅覚を刺激するなにかがあるようだった。久しく路頭に迷うも同然の生活をしているうち体に染みついたなにか……。それがホームレスの饐えた臭いのように嗅ぎ分けやすければ、あんなことにはならなかったかもしれない。

彼らは眉をひそめた。なにかのせいで彼らに呼び覚まされた感情は彼ら自身にもおぞましくて困惑したのだ。場違いな異物に出くわしたみたいに慌てていた。彼らは猛々しくなり、野蛮にさえ感じられた。

まるで僕がふざけて、面接試験の席だというのに、上着の裏からマジシャンが使う鳩か兎でも摑みだして見せたかのようだ。――事実、僕はそのとき、そうしてみたい誘惑をチラと覚えたのだった。いや、そのほうが彼らの昂ぶりを静めさせたにちがいない。それで彼らにはキリがつき、かえってせいせいしたのではないか。僕は彼らに潔い印象を与えたろう。やっと初めて、いっときでも好感をもたれたろう。

もちろん僕は、ふざけたりしなかった。が、あの場では、たしかに、いっときの好感でも欲しい気持になっていたのだ。

学海社は、あの光洋印刷会社とどこか雰囲気が似通っているようにも感じられた。しかし考えてみると、もし僕自身があのときの僕と変わっていなければ、学海社の試験委員たちの反応も光洋印刷会社のそれと似通ってきて当然なのかもしれなかった。

五

僕は午前一〇時の五分前、学海社に着いた。展示室に隣接して、表通りに向いているガラス張りの喫茶室がある。受付の女性が席から立ってきて、僕をその喫茶室へ連れていった。「ここでお待ちになっていてください」

今日の面接にパスすれば、僕の人生は大きく変わるにちがいなかった。早くも夢のような気分になっている。が、焦るな、まだ決まったのではない、と何回も自分に言って聞かせた。

僕は喫茶室の出入口に目を向けていた。永淵営業局長が現われると同時に立ちあがり、直立不動に近い姿勢をとって頭を下げた。

「お待たせ」永淵局長はいやにくだけた口調で応じた。向かいの席に着くやテーブルの上のメニューを手にとって、僕にさし出した。

「お好みのもの、なんでも注文してくださいな」

中肉中背、四十歳前後、どことなく子供っぽい丸顔、褐色の膚、両耳が大きく張っている。腕時計をのぞいてから、

「さて、あまり時間がないので、すぐ本題に入りましょう。まず、これは内々にしておいてもらいたいのですが、筆記試験の結果は君が二番でした。そのほか課題作文など総合しても、君がま

あ二番の成績だったと言っていいでしょう。ただし今回は、応募者が二十人足らず、いつもに比べてずいぶん少なかった。平均的にみて、だいぶレベルが低かった」

永淵局長はにこにこしながら続けた。

「というわけだけれども、採用決定までには、まだ別問題がある。たとえば、今回の応募者のなかでは、君が最年長でしたよ。第二に、さし当たっての問題は、……実は困っている点もあるのだが、今ここで君にはなんとも申しかねます。たぶん、おたずねの件もあるでしょうが、そんなわけで、今日はご勘弁願いたい」

僕は「はあ」としか返事のしようがなかった。しじゅう窮屈だったが、それは寸法の合わない金森の背広を着ているせいもあった。

「勤務時間は、通常九時から五時までです。給与の面は、全然心配いらないと思いますよ。も少し待っててくださいな。あと、そうだな、一週間もすればハッキリするのではないですか。とにかく、今日ここで決めるわけにはゆかない。むろん、これは、こちらの都合ですから、まことにすまんのですがね。さて、僕は今から出かけなくちゃならないが、このあと若林常務がお会いするそうだから、ここにいてください」

「若林常務？」

「こないだの面接のとき、彼、出張してたんだよ。本来、面接の場に出てくれなくちゃならん立場の人です」

僕は強い不安を覚えた。

「それでは、次の面接の日時を決めておいていただけませんか」

と僕は、席から立っていこうとする永淵局長に追いすがるように身を乗りだした。永淵局長は振りかえり、けげんな表情をみせた。それから背広の内ポケットを探って手帳をとり出し、めくりながら不機嫌そうになにか呟いていたが、

「来週の今日、同じ時間に来てくださいよ」と応じた。

永淵局長が小走りに出ていったあと、すぐ若林常務が受付の女性に案内されてきた。


「やあ、君！　こんにちは」と若林常務取締役は気軽に声をかけてきた。席から立ちあがろうとすると「いいから、掛けていたまえ」片手を伸ばして僕の肩を抑えつけ、僕を座らせてしまった。

四十代半ば、中背、どっしりした体をしているが敏捷そうだ。額から頭の中央へと禿げあがり、顔膚はみじんのたるみもなく艶光りしている。唇は分厚く、赤く濡れて動物的な感じを受ける。眼鏡をかけ、左手の薬指に金の指輪をはめていた。

「僕はね、面接する相手には、だれにでもイの一番に質問することがある」と若林常務はしゃべりだした。「だから君にも質問する。よろしいか。君は、君自身のことをどう思っているのか？自分について語ってもらいたい」声は若々しくスピーディである。「試験など、この一問だけで十分なんだ。ペーパーテストなら、自画像を書いてもらえばいいんだ」

「そうですか。でも、今回は自画像ではありませんでしたね」

「うん。そりゃ僕が一か月ほどニューヨークへ行って留守してたからさ。さて、さっそく今の質問に答えてもらいましょうか」若林常務は腕を組み、頭をひいて胸を反らせ、わざとらしく厳めしいポーズをとった。

「はい。でも、自画像というのは、どうなんでしょう。僕のような年齢では、無理じゃないですか？　本当は晩年、死の予感がきてから書くのがいいのではないでしょうか？　ところが現在の僕は、まだ世の中へ出たばかり、と言ってもいいくらいです」

　若林常務は、ちょっと首をかしげた。

「だいぶ出遅れてますけど」と、僕はつけ加えた。

　どういうわけか、この人の前では、わりに話がしやすかった。にやにや笑いは気になったが、鷹揚そうで、僕がバカを言ってもヘマをしても、その理由までよく解してくれそうだった。

「……それで、なんですけど、最初から率直に申しあげてしまいます。実は、僕は自分のことがよく分かりません。自分で自分のことが分からなくても当然なんだ、と考えています。ところが一般的には、もっと分かるものだと思われているのではないでしょうか？」

「そう」と若林常務は軽く肯いたが、それっきり口を開かず、待っている様子である。

「同じ日であっても、僕は先ほど永淵局長と面接していたのですが、今度はまた常務さんとお会いして、……つまり相手によって、ずいぶん違う自分というものを感じます。今ここで、僕が自画像を書いたとしましょう。でも、その自画像は、自分のごく一部にすぎません。一か月もたてば、また別の自画像を書くかもしれません」

「なるほど。そういう答え方もある」

「たとえば『僕は無神経な人間である』と僕が言ったとします。でも、僕より無神経な人間も沢山いるでしょう。だから、僕以上に多くの人間を知っている人が、僕のことを『別に君は無神経じゃないよ』と言ったら、そのほうが正しい。当の僕の判断よりもですね」

「そんな人任せでいいのかね？」若林常務は、ちょっとまた首をかしげてみせた。

僕は口をつぐんだ。「人任せ」という言葉が引っかかった。こんな調子でやっていていいのか、急に不安になってきた。

「僕は今、君の考え方を聞いている」と若林常務は諭すように言った。「よろしい。続けなさい」

僕はほっと吐息をついた。どういう方向へ進んでいるのか、まるで見当がつかなかったが、

「僕はまだ、たえず変わっていきます。完全な人間なら変わる必要がありません。いや、変わるのではかえって完全でなくなるでしょう。僕は、そうじゃない。だからこそ今ここで僕を捉えてみても無意味なんです。ただ一つ分かっているのは、今のままの自分であってはならないこと、どこかへは向かおうとしていること、ですから僕という人間は、これからも日々変わっていくでしょう」

若林常務は、やや不満げな面持になり、

「しかし、君の語ったことは、だれにでも当てはまるよな。われわれが知りたいのは、もっと具体的な君自身のことである。人間というものは、日々変わるだろう。おっしゃるとおりだが、われわれは、君が明日にどうなるか分からないでは困る。自己責任をもってもらいたい。はっきりと、自分はかくかくの人間であり、よってしかじかになるのでありますと、そういう答を期待しているんだな。どう？」

僕は言葉に詰まった。

突然、若林常務は喫茶室じゅうに響きわたるような大声で笑った。

僕が恐れ入って頭をかいていると、

「ところで君は、無神経どころか、神経質じゃない？　眉間のきつい縦皺、目につくよ」と質問を切りかえてきた。

僕は、現在勤めている機械工具新聞社のことを話した。そこの整理部の責任者であり、そして「印刷所での業務はイライラが日常茶飯事なんです」と答えた。

若林常務は背広の内ポケットから僕の履歴書をとり出した。目を通しながら、ときどき肯いていたが、「肺は、もういいのか？」と聞いた。僕はぎくっとした。

「僕はね」と若林常務は僕に顔を近づけた。声を低めて「片っぽうの肋骨、全部切断してしまった。棺桶に片足を何度もつっこんでいる。だから、本当は怖い男なんだぞ。いいかね、木沢君？　はっはっはは、じゃ、失敬。頑張りたまえ！」

帰りの電車のなかで、僕は永淵局長や若林常務と交わした会話を頭で一々反芻してみた。が、今日学海社へはなにしに行ったのか。なにを得たのか。とどのつまり、まだ決定していない、いぜんとして面接試験が続いているのだ、ということが判明しただけであった。

翌日の昼休み、田町駅前の森永レストランで、僕は金森に借りた背広を返し、ビーフシチューとコーヒーをおごった。面接のことを話すと、「もう間違いないよ。そこまでいけば」と金森は妙に畏まった様子をしている。

「君も早く決めろよ。一緒に辞めようや」僕が唆すと、

「あまり選んでても、しょうがないか」金森は冴えない顔をしながら言った。「もっといい口がありそうだなんて、僕は欲ばってるんだな」

金森はジェネラル・フーズも河合楽器も合格して、どちらにしようか迷っている。

「あー、眠いなあ」と僕は大きなあくびをした。「なんだかさ、でっかい仕事やってのけたあとのようだな」

「そんなに聞かせるなよ」

金森は妬ましそうな顔をしている。

「君だって、そうだろ」

「うん、まあね……」

しょげている金森を見て、こっちも実はすんなりいっているんじゃないのだ、と僕は白状しそうになった。再三、胸をうち割って話したい誘惑に駆られた。

六

前回の面接から一週間後、約束の午前一〇時、僕は学海社を訪れた。今日、採用が決まれば、どんなにか嬉しいことだろう！　胸が締めつけられるほどに切なかった。ところが喫茶室で半時間近く待っていても、永淵営業局長は現われなかった。

一体、学海社は僕になにを望んでいるのだろう？　はっきり言えばいいではないか。応じることができれば応じるし、駄目なら駄目なのだ。学海社のほうで訊きづらくて、ためらっているとは考えられなかった。では、どんな事情があるのか。もどかしいあまり嫌気がさして、こちらから辞退する場合だってある。そう思ったとき、ハッと息を呑んだ。つまり、そういうことなのか？　学海社は、僕が辞退するのを待っているのだろうか？

永淵局長が向かいの席に座ったとき、僕のほうからきり出した。

「本当のところ、僕の場合、なにが問題なのですか？　単刀直入におっしゃっていただけませんか？」

永淵局長は意外そうな表情をみせた。

「本当のところ、か。ははは。それは、木沢君の場合、正社員か嘱託か、ということなんだ。一つには、君の希望している給与額と関係がある」

「希望ですから、こだわっていませんが」

「いや、希望はなるべく叶えてあげたい。不承不承の気持で入社してもらいたくないんだ」

「はい」僕は肯いてから「もう一人の方は、どうされているのですか？」

「彼は、問題ありません」と永淵局長はそくざに答えた。「先週から出社しています」

僕はショックを受けた。

本は、出版社ー取次会社ー書店を経て売られている。それを「正常ルート」というが、もう一つ「直販ルート」があり、このほうは直接読者に当たってセールスする。「君には、直販ルートを担当してもらう」と、永淵局長はやや強い口調になって言った。

「嘱託って、定年後の人が残って勤めるときの……」求人広告に嘱託のことは出ていなかったし、面接試験のときもまったく話題にされていなかった。

「嘱託にも、いろいろ種類があるんだ」

「僕には、その……嘱託の意味が、どうも判然としません。どうしてそういうことになるのですか？」

嘱託なら君の希望する額が出せる。正社員には給与規定があり、年齢、職歴などから額が決まる。ところが君のわが社における勤続年数はゼロだから、ずいぶん低額になってしまう、――と永淵局長は説明した。

「どれくらい低くなるのですか？」

「それは、いま給与規定が手元にないから、ご返事できない。ただし君がですよ、かりに低くてかまわないと譲歩してくれても、それで済むことにならんのです。念のため」

「僕には事情が飲みこめませんが、とにかくもう決めていただけませんか。仕事は、要するに、本を直接読者にセールスすればいいのですね？」

「そのとおり。売上げ成績がよければ、それ相応の待遇をしてしかるべきなんだ。分かりました。悪いようにはしないつもりでいるから、も少し待ってて」

と永淵局長は答えて立ちがった。僕に向かって一つ大きく肯き、足早に喫茶室から出ていった。


ところが、あい変わらず学海社からはなんの連絡もなかった。もし、こちらから電話をしなければ、このまま切れてしまう気がしてならなかった。僕のさまざまな懸念は、大半、永淵営業局長の僕への応対の仕方に起因しているだろう。「採用」の一言は口にできなくても、何月何日選考委員会があって最終の決定が下されるとか、君の不利な点はかくかくしかじかであるとか、そんなふうに答えることはできるはずだ。

永淵局長は嘱託か正社員かが問題であると言った。歩合制だから嘱託ということになるのだろう。僕は歩合制にはなんとはなく乗り気でなかった。が、機械工具新聞社の営業マンはみな歩合制でやってきている。それに今はもう一日も早く採用を決めてもらいたかった。

毎日、機械工具新聞社へは出勤した。そのうち週二回は、社の近くの田町駅から乗って一ト駅、浜松町にある産報印刷所へ出向いた。

その日も朝から僕はたえずイライラしていた。整理部で一番の働き手である栗山は、北海道への旅に出かけてしまった。僕はまだ彼女に辞めると伝えていない。けれども、それとなく感づいてはいるようだった。箱田は今日も欠勤している。なんの連絡もない。

機械工具新聞社は社員の出入りが激しく、整理部にも入れかわり立ちかわり新人がやってきた。整理部の業務は、あるていどの技術と経験を要した。だから、新人にはゼロから教えなくてはならない。レギュラー・メンバーは四人だが、つい先日、そのうちの一人宮脇がここ産報印刷所へ転職した。

彼らがよく遅刻したり、休んだり、辞めたりするのも、つまりは虚しいからだろう。僕自身、そんな彼らに共感できるから、なお困惑せずにいられない。

宮脇も虚しかったはずだ。しかし、虚しいのは、整理部の業務自体ではない。というのも、彼は東京スポーツ新聞社がオーナーである産報印刷所へ移って、同じような業務をしているのに、実にいきいきと動き回っていたからだ。

欠勤した栗山の替わりに六十年配、背広姿の内海が現われた。内海は肺結核で長期療養していた、と聞いている。社でなにをしているのか分からない人だったが、よく整理部で人手が足りないときにやってきた。彼は一時間もすると「これから出かけますので」と僕の都合も聞かず姿を消した。いつも大目にみてきたが、この日ひどくイライラしていた僕は内海のあとを追い、印刷所の前の舗道で捕らえ「どこへ行かれるのです?」と問いただした。「大判の新聞八ページ、全部僕が一人で校正しなくちゃならんじゃないですか。近ごろ目が痛いんです。もっと手伝っていただけませんか」

内海は口をぱくぱくさせ、言いわけを始めた。頬を膨らませてしゃべっている。口腔の空気のかげんか、出てくる声がソフトで間遠くぼやけて聞こえる。そのとき内海は言いたいことを言い、いつもの僕なら要領をえないまま、つい面倒になって肯いてしまう。だが、今日はハッキリ言った。「内海さんがいらっしゃると、社長はそのつもりで当然人員が足りていると思うでしょう。ですから、いっそのこと、来ないでくださいませんか」

正午近く、社長の二十四、五歳になる息子が一人の青年を連れてきて「箱田の替わりにやってもらうことになりました。教えてやってください」と頭を下げた。社長は箱田をクビにするのだろう。しかしこの青年も、いつまでやってくれるのか、新人はよく一か月ぐらいで辞めるから当てにならなかった。

数日後、学海社へ電話すると、

「ああ、君か」しばらく永淵局長は黙りこんでいた。それから、「近いうちに、も一度電話くださいよ」

僕は「はい」と返事し、電話を切ろうとしたとき、「今、どうしているの？」ふいと永淵局長は聞いた。

「今、と言いますと？　今までどおり、機械工具新聞社に勤めていますが」

「ああ、そうですか」

「もうじきボーナスが出ますから」と僕はちょっと軽口になって言った。「できることなら、今度お訪ねするのは、そのあとがいいですね」ボーナスで背広や靴などを新調していこうと思いついたからだ。

「いいとも。そうしてください」と、永淵局長はあっさり応じた。

「はい。そうします」僕もすかさず答えた。

ボーナスは半月後に支給される。が、すぐ余計なことを口にしてしまった、と思った。少なくともまた半月、待たなくてはならなくなった。

公衆電話ボックスから出て、歩きながら、僕は今聞いたばかりの永淵局長の声を吟味していた。採用まで九分どおりきているとは、僕の思い込みにすぎなかった。九分はおろか、あの気乗りしない口のきき方では、五分と五分、どちらへ転ぶともしれなかった。このところ永淵局長と話しているとき、こちらのほんの一言が全部を台なしにしてしまうのではないか、と怖かった。僕にはどうにも捉えどころのない人であった。

半月が過ぎて、ボーナスを受けとった。封を切って数えてみると、〇・七か月分。もう、いつまでもこんな額に我慢していられない。僕は社をとび出すと、舗道にある電話ボックスへ駆けこんだ。

「ボーナス、もらいました」僕は息をはずませながら、電話口に出た永淵局長へ訴えるように知らせた。

「じゃ、今度の月曜日に来てくださいな」と、永淵局長はなんだか機嫌よさそうである。

気分が急に明るくなり、電話を切ったあと、僕は思いがけず声を立てて笑っていた。社へもどってからも、うきうきして落ち着けず、立ったまま、いっとき社内を見回していた。

夕方、竹腰取材部長の席のまわりに五、六人の社員が集まり雑談を交わしているので、僕も加わった。彼らと一緒に笑っていたが、途中で突然、なぜだか僕の笑いが止まらなくなった。あまり声には出なかったが、腹の底から笑いがくり返しこみ上げてきた。掌で口を覆い、俯きかげんの姿勢になって一人で笑った。頬の皮膚が痛くなってきたほど笑いつづけた。

七

「……わが社としては、人材が要るのです。われわれは、十年先のことを考えている。営業の中堅幹部を育成していきたい。そういう期待をかけているんだ」

学海社の喫茶室で、僕は永淵営業局長の言葉に耳を澄ませていた。——が、それはいつまでたっても長期の経営方針のような話で、僕を採用するに際しての詰めの段階という感じではなかった。「実は、もう新しい机椅子も買ってあるのですがね」永淵局長の口調には、その机椅子に僕が座るとはかぎらないというニュアンスも含んでいる。まだ迷っているのか。このとき僕は、辞めようか、と胸の裡で思った。「今日は、お断わりにまいりました」不意にそう言ってしまう自分を恐れた。

「こちらからは、もうなにもないが、このさい、一つだけ注意しておきましょう。なにごとも受身ではいけない。僕は、前向きという言葉、あまり好きじゃないがね。たとえば、君は最初の面接のあと、何度か僕に電話をかけてよこした。それでよかったんだよ。でなかったら、学海社とはご縁がなかったということになったろうな。セールスやってもらうんだからさ」

ところが僕は、もともと押しの強いほうではなく、かなり抵抗を覚えながら、成行き上、あのようなしつこい電話をしたにすぎなかった。

「嘱託のことですが、いろいろ種類があるとうかがいました。僕の場合、どういう内容のものか、なんの説明もなかったと思うのですが?」

「まず、やってみてくださいよ」と永淵局長は答えた。「チャレンジしてくださいな。君なりにね。直販ルートは、まだできてないんだ」

「はい、分かりました。学海社としても、初めての試みということですね」

「そうじゃない」と永淵局長は、やや声高になった。「嘱託でやってきているのがいますよ」

「えっ」僕は目を瞠った。「そんな方がいらっしゃるのですか？」

「彼は辞めます。その後を継いでもらうことになると思いますよ。だから今おたずねのあった業務の内容については、彼に教わってください。いずれ、引き合わせましょう」

このとき、四十前後の男が永淵局長へ言伝てをしにきた。目は細いが造りの大きいその顔を僕はよく憶えていた。彼は最初の面接試験のとき、むっつりした表情をして左端に座っていた。

「亀山編集局長です」と永淵局長が紹介した。「じゃ、明後日の朝、そうだな、一一時に来てください」と言って席を立って出ていくと、その椅子に亀山局長が座った。学海社において地位からいうと若林常務や永淵局長のほうが亀山局長より上のようにみえるが、出版社で最も重要な部門は編集局である。

「君とは、一度会っているが」と彼は口を開いた。「そのときの印象を伝えておこう。君の応答は、防衛的かつ迎合的であった。そのなんだ、やたら相づちを打つ癖は直しておくべきだな。はなはだ見苦しい。第二に、がいして君の発言は焦点がぼやけていた。言いかえるなら、本人に気づきにくいことではあるが、内的な願望やコンプレックスに色づけされた内容が多かった。以上、参考までに申しのべておく」

これだけ言うと、亀山局長はさっと立ち、急ぎ足で出ていった。

二日後、僕は学海社へ出かけた。指定の午前一一時前に着き、永淵営業局長が紹介してくれる嘱託の前任者がどんな男か、とあれこれ想像しながら受付で待っていた。

やがて受付の女性に電話が入り、彼女は「一緒にきてください」と僕を二階の総務部へ連れていった。面接のとき右端にいた禿頭の試験委員が、机に座ったままで「総務部長の門馬です」と事務的に名乗った。総務部の女子社員が数枚の書類を僕に手渡した。正副二通の『覚書』には「常勤嘱託として採用」とあった。それから給与額、賞与の基準、勤務形態等々。支払い方式は「固定給＋歩合給（ただし当分の間、歩合保証給）」――その固定給は二万円、プラス歩合保証給五千円で、ほぼ機械工具新聞社の給料と同額になっていた。

サインして捺印した『覚書』の一通を女子社員に返してから、

「永淵局長は？」と僕は総務部長にたずねた。

「出張だ」

僕は拍子ぬけしてしまった。

「すると、今日は、このあと、僕はどうするのですか？」

総務部長はデスクワークを続けながら「なにもないよ」と返事した。

「ということは」と僕はまだ半信半疑の気持で聞いた。「帰ってよろしいのでしょうか？」

「ああ」総務部長は僕のほうへ目も向けず面倒くさそうに答えた。

来社してからほとんど一〇分もかからず済んでしまった。

学海社の玄関口を出てから、ずっと夢心地だった。御茶ノ水駅から電車に乗ったが、まっすぐ機械工具新聞社へ行く気になれず、有楽町駅で下車して、喫茶店に入った。

……それにしても実に長々しい試験であった。筆記試験を受けたのが五月の上旬、今は七月半ば、その間に何回面接試験があったことか。でも、ついに採用されたのだ！　オレンジ・ジュースを飲み終わらないうちに、疲労がどっと襲ってきて、椅子の背にもたれたまま熟睡した。

午後三時ごろ、機械工具新聞社に帰った。どこか他の会社のフロアに入りこんだみたいだ。社員たちがいやによそよそしく感じられる。あたりの空気が張りつめているようで僕は落ち着けなかった。が、立っていても、席に着いていても、採用されたのだという喜びは抑えつけられなかった。熱い血が体じゅうを駆けめぐっている。つい口元に微笑が浮かんできた。

社長はなにか感づいたのか、やや固くなり、机にかぶさるような姿勢で書類に目を通している。でも、今日話さなくてはならない。僕は社長の様子をうかがいながら、きっかけを待った。

社長と目が合ったとき、僕はバンザイするように両手をあげた。そして急ぎ足で社長席へすすみ出た。

「あの、社長。僕、今月いっぱいで辞めさせていただきます」

前の自動車新報社の社長のように、怒鳴りちらしたりしないだろう、とは思ったが、かなり緊張して返事を待った。

社長は少しの間、もじもじしながらためらっていた。それから、

「君には、いてもらわないと困るのだがね」

そう言われると、まんざら悪い気はしなかった。しかし社長は、辞める社員のだれにでも一応はそんなお世辞を使うのだろう。

僕の後任は、当面、社長の息子が引き継ぐことに決まった。

夕方、営業部の志水が、外から電話をかけてきた。「ちょっと今、お茶に付き合ってくれませんか」

このところ再三、志水は広告凸版のことで僕に迷惑をかけてきた。その礼でもしてくれるのだな、と僕は思った。田町駅前の森永レストランで落ち合うことにした。

志水は、日ごろから僕が彼に惹かれていることをそれとなく感じていたにちがいない。三十五歳、独身、手相にくわしく、ふだん寡黙だが、全体会議のときには熱っぽい演説をぶつことがあった。営業マンはそれぞれが一匹狼だが、なかでもこの志水は徹底して自己流の人に見えた。

「なにせ悪い話じゃありませんから聞いてください」志水はこう前おきして、僕が椅子に着くと写真を見せた。盛装した和服姿の若い女性が写っている。

「どうです、お見合いしてみませんか。わたしの得意先でじっこんにしていただいている社長の姪ごさんです。わたしは、またとない話だと思うのですがね」

縁談の持込みは、営業マンたちが得意先からよく頼まれるらしく、機械工具新聞社では珍しいことではなかった。

「あの、僕のこと、ご存じなかったのでしょうけど」

「なんでしょうか?」

「志水さん。僕、今月かぎりで社を辞めます。さっき、社長に申しあげてきました」

志水は驚いた様子で、しばらく口をきかずにいた。

僕は転職先の学海社のことを話した。

「了解です。君は、いずれ辞めていく人だと見当つけてましたよ。ですから今は、やはり、と思うだけですな。あっはははは。この縁談はなかったことにします。君は、うちの社からキッパリ離れなさい。きれいに足を洗うのですよ。よく辞めてから、うちの社に顔を出し、うろうろしてるのがいますけどね。あんなみっともない真似だけはよしてくださいよ」

森永レストランを出てから、僕は言った。

「でも志水さん。僕は今度、営業マンです。これから志水さんには教えていただきたいことがあると思うのです」

「あっははは」と志水はまた口を大きく開けて笑った。「そうですか。君は、うちには何年いましたか?」

「二年近くになります」

「では、少なくとも二年は来ないでください。君がうちから離れ、外の人間になりきったらですね、また会いましょう」

志水は僕から少しでも離れたいかのように先へと早足で歩いていった。田町駅のホームに降り立つと、すぐ電車がすべり込んできた。志水は駆けてその電車へ乗りこんだ。僕は後ろ姿を見ていた。が、志水は一度も振りかえらず車内の混雑のなかに紛れこんで消えた。

僕は電車が走り去ったあともそのまま動かずホームに佇んでいた。ふっと寂しくなった。そのうちに機械工具新聞社のだれかれの顔が次々に浮かんできた。

環君。

栗山も箱田も宮脇も、機械工具新聞社にこのまま留まっていては不安でならなかったんだ。宮脇は、産報印刷所へ転職できた。そうして僕もこの七月末、やっと退社することになった。

数年後、栗山から魚釣り専門誌へ転職した旨の通知ハガキが届いた。久しぶりに喫茶店で会ったとき、竹腰取材部長も池上編集局次長も彼女より先に退社した、その後の消息は不明という話を聞いて、僕にはショックだった。管理職の二人は所帯持ち、機械工具新聞社には僕よりずっと長い期間勤めていたし、単に空虚だとか、やりがいがある、なしの理由で辞めたのではないからね。おそらく転職先のこともうまくいっていなくて、だから彼女にはなにも知らせなかったんだろう。

志水を見送ったあと、これまで二年近く一緒にやってきた取材部、営業部、事業部、整理部の社員たちに惜別の情が湧いてきたものの、いささかのためらいもなく僕は彼らをこちらから切断していた。というのも、その切断の原因はもともと彼らに関係なかったからだろう。

一方、僕が学海社に切断されるのではないかという予感は、何回もの面接試験を受けている間、数えきれないほど覚えさせられた。

八

八月一日、僕は学海社に初出勤した。午前九時、受付から二階の総務部の室へ行った。門馬総務部長は僕に、身分証明書と僕の氏名が刷ってある名刺一箱を手渡した。「学海社営業局付」とあった。それから女子社員に「畑さん、じゃ各部署へ案内してあげて」と指示した。畑は三十歳近く、小柄で、ちょこまかとよく動いた。「まだ、そんなに出社していないと思うけど、一応いる人だけでもご挨拶なさっておくといいわ」彼女は僕を連れ、階段を上がっていった。

三階は社長室、各局長室、編集局の第一編集部と第二編集部、四階は第三編集部と国際出版部、出版局の製作部とデザイン室、五階は資料室、和室、組合事務所そして半分くらいが屋上だった。二階には総務部、食堂、それから大中小三つの会議室があった。地階は倉庫、天井まで届く巨きな本棚が並んでいた。

社員は百名くらい、と畑は言った。戦前からよく知られているのに、案外小さな会社なんだな、と僕は思った。社員には二十人ほど会ったが、儀礼的に挨拶しただけであった。

一階は、受付、展示室、喫茶室、トイレ、浴室、そしてかなりのスペースを営業局が占めていた。営業局へ入ると、永淵営業局長が待っていて僕に手招きした。まず板倉販売部長、それから伴販売課長、横田商品管理部長、星井宣伝課長が紹介された。宣伝の部長は永淵局長が兼任しているということだった。

このとき「木沢さん、入社おめでとう。僕、虹村です」と僕の前へすすみ出た男がいた。「同期の桜なんですよ」僕を抱こうとするかのように両腕をいっぱいひろげてみせた。僕はお辞儀をしてから相手をよく見直した。面接試験のときの控室では見かけなかった顔である。あの、つまらなそうな顔をしていた受験者ではなかった。

僕のスチール製机椅子は販売部のフロアの奥まった隅の窓際に置いてあり、衝立で仕切られている。

「さっそく木沢君の手をお借りしたいのですが、局長、よろしいでしょうか」横田部長がうかがった。

僕は地下倉庫へ行き、作業衣に着がえた。本を満載したトラックが到着したところだ。地下倉庫とはいっても、地下にもぐっているのではなく、出入口の外は急な坂道に面していた。「返品だよ」と横田部長が僕に教えた。商品管理部の社員たちが一列に並び、坂道に停まっているトラックから本を手投げでリレーしていき倉庫に収納した。僕もその一員に加わった。

三〇分ほどで終わって、自分の席にもどると、畑が一式の筆記用具をのせたペン皿をもってきてくれた。星井宣伝課長が隣室から出てきて「目を通して、返事書いてみてよ」と僕の机の上に読者ハガキの束を置いた。

正午になったので、二階の社員食堂へ行き、弁当を食べていると、横田部長が入口から顔をのぞかせ「午後も頼むよ」と僕に声をかけた。

午後一時、僕はライトバンの助手席に座った。宍戸という運転手と二人きりで、埼玉県の志木にある倉庫へ向かった。夏のからりと晴れあがった空、開けた窓から吹きこんでくる風は熱気を含んでいるが、それでも心地よかった。宍戸は僕より三つ年下だったが、「これでも、カアちゃんとガキ二人、養っている身なんよ」いくらか誇らしげに言った。それから「あんた、嘱託だって？」と聞いた。

「ええ」と僕は返事して、「ですが、なにか？」

「いいや、別に」

倉庫に着くと、僕は宍戸がライトバンへ本を運びこむのを手伝った。帰途、池袋にある門馬総務部長宅へ寄った。こぢんまりした平屋の一戸建てだが、杉の垣根に囲まれていた。冷たい牛乳をご馳走してもらったあと、野球道具をライトバンに積みこんだ。

学海社には、夕方六時ごろに帰り着いた。永淵局長、板倉部長、横田部長、伴課長が玄関口で僕を出迎えた。「風呂が沸いている。一浴びしてくるといいよ」と横田部長がタオルを投げてよこした。僕は一階の奥にある浴室に入り、シャワーを浴びて汗を流すと、さっぱりして、ハッピーな気分になった。

ハッピーな気分は、その晩、栄荘へもどり、寝床についてからも続いていた。


入社してから一週間、僕は商品管理部、宣伝部、販売部であれこれの業務に従事した。

星井宣伝課長は毎日読者ハガキの束を僕の机の上に置いていった。営業局は販売部と商品管理部がだだっ広いフロアに同居、宣伝部だけ壁で仕切られた別室に入っていた。星井課長は外へ出ず、かわりに広告代理店や新聞社の営業マンがよく来訪した。読者ハガキの返事は日に十通、ときには三十通も書いて、けっこう時間がかかった。

ある日、僕が読者ハガキの束を返しにいくと、

「お茶を淹れるからさ。まあ、その椅子にでも掛けていてよ」

星井課長は薬缶を手にぶらさげ、販売部の一隅にある流し台のほうへ出ていった。ひょろ高く、猫背、いつも上の前歯を二本のぞかせている。宣伝課には他に二人の社員がいるが、今は席をはずしていた。星井課長はもどってくるや、

「君が筆記試験の成績二番だったたってこと、聞いてる?」

「ええ、面接のときに、永淵局長から」

「ああ、そう。じゃ、俺が試験場にいたの、憶えてる?」

「いや、気がつきませんでした」

「試験場の監視頼まれてさ。冗談じゃないやね、こちとら学校じゃカンニングやってきたほうだもん。カンニングする奴いたって、知っちゃいないよ」

「星井さんは、入社されて何年ですか？」

「俺？　俺は三年くらいかな。だけんど筆記試験の成績なんざねえ、安心しちゃいられない。どっちかというと、わが社は成績のいい人が落ちる傾向にあるみたい」

「一番の人は？」

「ほんとに頭のいい人は察しが早いの。だから、うちなんかへは来やしないんだって」

「そうですか？　でも、どうしてでしょうね？」

「まあ、いろいろ事情はあらあね」と星井課長は答えた。「だけんど俺なんかに言わせればよ、そりゃバカのほうが使いやすいじゃない。俺みたいのがさ。ええ？　人間って、そうでしょ。いや、もちろん、わが社は一事が万事そんな調子ってわけじゃないけどさ。人材、人材とやかましいご当人が、はたして有能かどうかは、たぶんにクェスチョン・マークなのよ」

「それにしても、僕のときは、面接試験が何回もあって閉口しました」

「君はね、歳をくってるてえのが難点だったわけよ。それから、まあ、職歴もよくない、と。だけんど俺だって、入社どきは君と似たり寄ったりの年齢、キャリアだったからさ。その点、あんまり気にしなくていいんじゃない」

沸騰する湯の音を聞いて、星井課長は流し台へ立っていった。急須を手にしてもどってくると、二箇の湯飲茶碗にお茶を注いだ。

「一番心配だったのは、肺の既往症でした」

「どっこい、逆ね、そりゃラッキーだったのよ。君はさ、既往症だからパスしたんじゃないかしら。若林常務が肋骨切断、片肺なしのご仁だから。肺をやった人には、たいそうな情けをおかけになるようよ」

「星井さんのときには、どんな試験でしたか？」

「俺？　俺は、そうね、コネのようなもんかな。わが社にはコネで入ったのって、けっこういるんだよね。君と同じ筆記試験を受けた虹ちゃんだって、コネといえばコネでしょうよ。永淵局長の親戚の昆さんと虹ちゃんとは前の会社で一緒、しかも直接の上司だったたてんだから。俺は、筆記試験やってません。だって筆記試験やるんなら、俺、こんなとこ受けないもん。そのかわり、面接また面接だったね。なんでまた、あんなにしつこいんだろ。しまいには、もうどうでもいいやとサジ投げたね」

「僕もそうだったのですよ」僕はほっとした。「一つ、うかがいたいのですが、嘱託のことをどう思われます？」

「ああ、嘱託ね」星井課長は軽く受けたが、ふいと口をつぐんだ。

「どうも僕には気になります」

「俺も嘱託とかだったけんど、いつの間にやら正社員になってたのね。三か月くらいたってからかな。嘱託なんてさ、よく分かんないから、てんで気にしちゃいなかった」

「セールスだから嘱託なんでしょ。でも、セールスのこと、ほとんど訊かれませんでしたね」

「悪ずれしているより、素人のほうがいいんじゃないかしら」

「副社長は、どういうお方ですか?」

「社長の弟さんよ。でも力はないやね。第一、気の向いたときにしか出社してこないもん。広告代理店にいた人だけど。……で、君の場合は、そうねえ、結局のところ、身柄が担当部局の長に預かりの形となった、つまり永淵局長の胸三寸のうちにさ。このこと、君は知っておいて損ないと思うよ」

「そうですか。いろいろ教えていただいて、助かります」と僕は頭を下げた。

「まあ、でもさ、君はよくパスした。大したもんよ。その勢いで、うんと頑張りなよ」


次の週になると、永淵営業局長は第三編集部の部員を僕に引き合わせた。彼女は僕を文京区弥生町にある地質学者の邸宅へ連れていった。

地質学者の厚ぼったく白い両眉が僕の目についた。三、四本の眉毛がずいぶん長く伸びていた。

地質学者は『東アジア地質図』について説明した。それは「世界に誇る文化財です」と言った。

一三〇枚で一組になっている。重ね合わせて巻きこんだその一三〇枚は、包装されて直径二五センチ、高さ一・五メートルくらいの一本の円柱にしてあった。かなりの重量で、ためしに僕はその一本をかついでみたが、足がふらつき、すぐには歩きだせなかった。定価八万円である。

数日後、永淵局長は僕に第二編集部長を紹介した。彼は僕を港区芝にある労働会館の資料室へ連れていった。そこに色柄プリントの半袖シャツを着たラフな恰好の編者の一人である大学教授が待っていた。教授は挨拶がすむと、こちらからの質問を受ける前に口を開いた。

「『戦前期日本労働史料』は、全一一巻になる予定である。現在、第一巻、第九巻、第一〇巻が出ている。次回の刊行は第二巻で、この十月を目途にしているが、なにしろ資料収集と同時進行だから、並大抵の苦労じゃないよ」欠落している資料が思うように見つからず、どうしても刊行が遅れがちになる、ということだ。

販売については、すでに定期購読者がいること、そのなかには旧定価のものもあること、寄贈先も少なくないこと、新しい購読者はなるべく分売にしないこと、つまり未刊分も一緒にして全一一巻の予約募集をしてほしい、とあれこれややこしかった。定価は一巻分五千円、全一一巻一括払いの場合は一巻分の割引をして五万円、これも『東アジア地質図』同様、ずいぶん高価だった。


環君。

この当時の金額を今に換算すると、もう四十五、六年も前のこと、高度経済成長期からバブル崩壊までの間、もの凄いインフレがあったりしたから十倍以上、――僕の月給二万五千円は二十五万円〜三十万円、『東アジア地質図』一セット八万円は、八十万円〜百万円ということになろう。

　志木倉庫から帰ったとき、みんなに出迎えられて、温かいファミリーな雰囲気を感じた。東京はしばらく住んでみると分かるが、地方出身者が圧倒的に多い、もちろん僕もその一人だったがね。それから職場には下町の人たちがけっこういた、――僕は上京して小さな会社を転々としてきたから、地方色と下町風が混じった一種独特のファミリーな雰囲気はよく経験していた。ただ、どちらかといえば、僕自身はそんな雰囲気が苦手でなじめなかったが、それでなんのさし障りもなくきていた。

　最初にも言ったように、中途入社したときは、どんな人と出会うことになるか、まったく分からない。しかも当然ながら、日々付き合っていかなければならないんだ。

　僕は永淵局長はじめ、星井課長、伴課長、虹村や宍戸といったタイプの人とは生まれてこの方出会ったことがなく、彼らがなにを言おうとしているのか、どのように動こうとしているのか、ほとんど予測できなかった。

　もちろん前の会社でも同様に未知のタイプの人はいた。中小企業にもピンからキリまであるが、それまで僕の勤めてきた会社はキリのほうで、そこの社員たちはいつも辞める、辞めないの瀬際に立たされていて、それで社内の人間関係はわりかしクールだったんだ。未知なら未知のままで、別に不都合もなく済んでいた。

　ところが学海社は違っていた。

入社して十日も過ごすうちに、ことに営業局内の強い身内意識、濃い属人関係を感じさせられてきた。そして彼らは当たり前のように僕へ入り込もうとし、やがては僕の「切断」に関わりをもってくるにちがいない、と僕は強い危惧を覚えた。

九

僕は前任者である岩藤に一日も早く会ってみたかった。岩藤は学海社での残務整理があり、ときたま来ているようだった。が長居はしないらしく、地下倉庫にいることの多い僕は、まだ一度も顔を合わせていなかった。販売部庶務の、十八か九の園という女子社員に、岩藤を見かけたら知らせてくれるようにと頼んでおいた。しかし、どういう事情があるのか、彼女だけでなく営業局社員のだれもが岩藤の名を口にすると、急につっけんどんな態度を見せた。もしかすると岩藤が学海社を辞めたのは、なにかの不祥事が原因しているのかもしれなかった。

八月の給料日、総務部の経理課へいき、月給袋を受けとった。給料明細表をみると、固定給二万円に歩合保証給五千円がプラスされている。約束どおりだった。僕は満足した。

月給袋を手に自分の席へもどろうとして販売部の室のドアを開けたとき、僕は園と口喧嘩をしている四角ばった顔の男を見かけた。彼は園に菓子折りをさし出し、これまでの自分の顧客からまだ電話がかかってくるが、一々面倒でもそのつど連絡してほしいと頼んでいた。ところが園は

「お断わりします」と撥ねつけ、スチール製椅子をぐるっと回転させ男に背を向けてしまった。

ここで「岩藤さんでは？」と僕が声をかけた。男はびくっとして振りかえった。

「ええ」と返事したが、やや細めた目が鋭く冷たい光をおびている。

「僕は、岩藤さんの後を引き継ぐことになった木沢です」

するとと岩藤は表情をゆるめ「君のこと、永淵局長から聞いている」と肯いた。

「これまで、学海社でどんなふうにやってこられたのか、一度うかがいたいと思いまして」

「そう。僕も気にはなっていたんだが、けっこう忙しくて。近いうちに、僕のほうから電話する」

と、僕に名刺をくれた。「日本労働社営業部」とあった。

岩藤は菓子折りをもって帰っていった。隣室から星井宣伝課長が顔をのぞかせ「木沢さん、ちょっと来てよ」と手招きした。室の入口に立ったまま待っていて、僕が近づくと、

「あのね、岩藤君とはあまり付き合わないほうがいいよ」と耳打ちした。

「どうしてですか？」僕はやや不安になって聞きかえした。

「うん、それは俺もうまく説明できないけんど、とにかくさ」

「でも、僕は引継ぎをしてもらわなくてはなりません」

「まあ、そのうち分かってくるさ。老婆心と思ってよ」

九月末の土曜日、朝、僕が出勤して間もなく岩藤から電話がかかってきた。勤務が午後三時ま

であって、それから僕は岩藤が指定した東京大学の龍岡門へ向かった。学海社からは歩いて一〇分ほどの距離だ。「おたくの喫茶室では、ちょっとまずいと考えたので」先にきて待っていた岩藤はそう言いわけしながら、僕に握手を求めた。

岩藤は東京大学の構内にある三四郎池まで僕を連れていった。まだ陽射しが強いので、二人は木蔭のベンチに座った。

岩藤は彼がつい二か月前まで在籍していた営業局の近況をたずねた。やはりなにか拘りがあるらしく、奥歯にものが挟まったような口のきき方をした。僕を警戒しているふうにも見えた。

「まず、おたずねしたいのは」と僕のほうから本題に入った。「嘱託って、分かりにくいんですが？」

「君は、すでに入社している。自分の身分のことくらい、わきまえていなくては？」岩藤は咎める目を僕に向けたが、「もっとも、嘱託一般について知ったところで、ほとんど役に立たないか。学海社での嘱託はどんなものか、ということでなければね」と言い直した。

僕が肯くと、岩藤は茶封筒から労使関係の資料をとり出して話しはじめた。――

学海社には四種類の嘱託がある。

第一種は特殊な能力を有する場合で、一般給与体系を離れれば雇用が可能になる。たとえば校正者がそうだ。

第二種は通常の勤務形態と異なる場合で、セールスマンと守衛がこれに入る。

第三種は受付で、これは特殊な目的のため特殊な会計で雇用される。

第四種は正社員を前提とする場合で、常勤嘱託とも称している。最近では、総務部の畑がこのケースで一年間常勤嘱託だったが、今は正社員だ。

現在、第三種の受付嘱託が二人、それから嘱託ではないが、補助社員が商品管理部に二人。

「ここで一つ注意しておくが、第二種以外の嘱託は君に関係ないと思ってはいけない。むろん、業務の中身は違っている。ところが、嘱託問題としては一括されてしまう。第二種嘱託だけ別個に切りだしての解決は難しい」

「君や僕は、第二種の嘱託に当たる」と岩藤は続けた。「しかし君と僕との違いは、まず歩合保証給が僕にはなかったこと、僕は固定給なし、歩合給一本だったからね。君は売上げがなくて歩合給がゼロの月でも一定額は保証されている。もう一つ、君が常勤の扱いを受けている点が見逃せない。これは大きい。少なくとも現在、君は第四種の常勤嘱託でもある。僕があれほど声を大にして訴えたにもかかわらず獲得できなかった条項だ。常勤だと、正社員の途に通じているからね」

岩藤の口調は、だんだん粘っこく不満げになってきた。

岩藤は頑丈そうで、上体がどっしりと落ち着いて軽々と足を運ぶが、しばしば歯を食いしばり、そのことがどうもちょっと不似合いな印象を僕に与えた。

「嘱託については、僕が入社する二年も三年も前から労働組合で問題視されていた。それは最終的には労働協約に含まれる、ということになっている。ある問題をより大きな問題に取りこみ、そうして、より大きな問題は未解決のままであるということは、結局ある問題を先送りにする。以前、嘱託採用が少なくなかった。したがって、嘱託をどう考えるか、正社員にするにはどうしたらいいのかという議論も早くから行われてきてはいた。経営側のルーズな雇用の仕方への批判はあったのだ。事実、一昨年の九月ごろ、労働組合は経営側と嘱託についてこんなやりとりを交わしている。

『現在の嘱託について、どのような考えをおもちであるか、経営側のご意見をうかがいたい』
『企業の安全弁である。社会上、好ましくない、と承知している』
『はっきりさせていただきたい。当の人たちのためにも、ずるずるべったりのような状態は、よくないのではないか』
『もう少し保留という態度でいたわけだが、そのような要請があるとすれば、早い時期になんとかさせたい』

この議論は放置されたままだったのではない。総務部の畑さんが正社員になったのは、まだ今年の四月のこと。彼女について、正規の待遇とするには年齢がいっているから無理だ、と経営側は渋っていたのだが。……そして、このとき組合総会では『嘱託をこれ以上増やさない』という決議までしているはずだ」

「じゃ」と僕はとまどいながら「その後に嘱託として入ったのだから、そんな僕をみんな快く思っていないのではないですか？」

「なにも君が小さくなることはないよ。事情を知っていて入ったのではないからね。近年、出版業界においては歩合制セールスマンによる『アメリカーナ』や『ブリタニカ』の百科事典が驚異的な売行きをみせていて注目されている。たぶん学海社の経営陣もその影響を受けて、歩合制セールスの再活用を図ろうとしたのだろう。しかし嘱託は正社員にするべき、というのが今も労働組合の意志なんだ。

ただ、この労働組合は各期の執行部によってずいぶんと違った活動をするからね。編集局に多い大学卒の若手の発言が組合全体をリードしがちだが、それに対して営業局の組合員は苦々しく思っていて、はなはだ仲が悪い。

……それに、これまで嘱託から正社員に上がったケースはなかったのかといえば、おかしなことに幾人もいる。同じ職務についていていて、なった人とならなかった人がいる」

「それはまた、どうして？」

「そのへんのところは、そうだな、取締役会では、まあ、担当局長の発言がたいてい通るから、……つまり君の場合だと、永淵局長の一存で決まる。とすればだ、永淵局長は労働組合嫌いだから、嘱託を問題視するという、まさにその姿勢自体が、はたして君のためにはどうか？」

「実際のところ、どうだったのですか、歩合制で本はよく売れましたか？」

「無理だね」と岩藤は言下に否定した。「だって君、学海社のどんな本も書店で買えるのだよ。君が直接訪問セールスして購入を決めた本でも、その客が書店を通して入手したいとなれば歩合給はゼロ。加えてだ、歩合制に向く本は第一に高価でなくてはならない。しかし僕がやってきたこの二年間、学海社にはそんな本が思いのほか少なかった」

そして岩藤は最後にきっぱり言った。

「だから、歩合制はやめたほうがいい。君は早く正社員になるんだ」


環君。

なんの映画だったか、仇討ちされた男が日本刀で斬られ倒れるまでをスローモーに写したシーンを観たことがある。けれども、それは演出効果を狙ったもので、もともと僕は切断というと一瞬のうちに起こることとばかり思っていた。が、少し考えてみれば分かるように、入社試験では採用が決まるまでけっこう日時がかかる。その結果が不採用となれば、それは「スローモーな切断」にほかならない。

これまで幾つもの切断を経験してきたが、それらはそれぞれ異なった形容を付すことができるだろう。「しごく残念な切断」「さっぱりした切断」「憂鬱にさせられた切断」「屈辱的な切断」等々、そのなかでも「スローモーな切断」は、一番たちの悪いものである。というのも、切断に到らない間はまだ期待がかけられる、それで長々とそのための労力や時間を費やすが、あげく切断となれば、それだけ齢はとってしまい、前よりいっそう悪い状況のなかにとり残され、一番の深手を負わされる結果になるからね。

何回も切断の目に遭うと、人は切断そのことに対してきわめて鋭敏になる。切られ方に注意深い目を向ける。切られるのは切るからであり、切るも同類なんだ。切られると、こちらから切るというやり返しが自ずと生じる。

一〇

『東アジア地質図』も『戦前期日本労働史料』も、まだ現品がなかった。『戦前期日本労働史料』の既刊分は、今度刊行される第二巻と同時に学海社の地下倉庫へ搬入されることになっていた。それまでの間、どうしたらいいのか？　伴販売課長は「うちの本、どれでもいいから売ってこいよ」と勧めた。しかし板倉販売部長は苦笑しながら「そりゃ無理だ」と首を横に振った。「歩合給でやるときは、手がける本をよく選ばなくちゃいけない」とわざわざ助言さえしてくれた。

板倉部長の考えが正しいように思われた。それで僕は、あい変わらず販売部の品出しスリップの記入や仕分けの業務、商品管理部の地下倉庫での作業、また宣伝部の読者ハガキの返信を書いたりしていた。

歩合給だけだった岩藤は、あれこれの方法をできるかぎり試みたにちがいない。岩藤がやってうまくいかなかったという事実が、僕を慎重にさせた。やはり歩合制セールスに向く本以外は手がけないこと、だから『東アジア地質図』と『戦前期日本労働史料』を待つこと、――この高価な二点の現品が入荷したらセールスを開始しようと決めた。

けれども栄荘に帰り、部屋に一人でいると、不安を覚えた。それは、対象がない不安というものではなかった。そしてその対象が、学海社だという見当もついた。

ある日の午後、僕は学海社の四階から三階、二階……と各部署の室内を覗いてまわった。が、なにも見つかりはせず、手がかりすら得られなかった。第一編集部では数人が集まりコーヒーを飲みながら激論を交わしていた。製作部の若い部員は机の上に腰かけ、週刊誌を読みふけっていた。倉庫からは、ラジオの演歌が聞こえてきた。販売部の園はケラケラ笑いながら私用の電話をかけている。……社員のなかに、とくに変わった人間がいるようでもない。僕には経営陣が、なかでもあまり姿を見せない社長が気にはなっていた。しかし、もし平然と首切りするような経営陣なら、社員たちはもっと硬い表情をし神経を尖らせているだろう。

虹村が自動車の運転免許をとるというので、僕も一緒に総務部へ申請書を出した。虹村と同様、許可がおり、規定の教習費用を受けとったとき、僕は一安心した。こんなことからでも、今の自分の立場がどんなものか、確かめてみたかったのだ。

僕が入社して、そろそろ三か月になろうとしていた。

星井宣伝課長は「そうねえ、ふつう正社員は最初の三か月が嘱託期間なんだから、木沢さんは常勤嘱託でもあるしさ、もし正社員になりたいんだったら、永淵局長に直訴したらどう？　早いほうがいいよ」と別に難しいことでもないような口ぶりである。「とにかく、うちはさ、なんでも黙ってると損するから。引っこんでいる手はないやね。やって、うまくいかなくたっていいじゃない、もともとだもの」

「そうですか」僕はいくぶんか慰められた気持になった。

星井課長は「園ちゃんをごらんよ」と椅子から立っていき、販売部庶務のほうへ顎をしゃくった。見ると、園は喫茶室からとり寄せたショートケーキを食べている。「手紙一通、満足に書けやしない。電話の受け方も、なっちゃいないや。けんど、そんなこと、ご当人は一々苦にしてないやね。それでも彼女、いつの間にやらレッキとした正社員になってんだから」

僕が苦笑していると、

「組合に守ってもらう手もあるよ。うん、それがいい。一度、組合に出てみたら?」と星井課長は勧めた。

次の週に、僕は午後六時からの労働組合の月例総会へ出てみた。二階の大会議室に四十人ほどが集まっていた。長方形の木製テーブルを移動させてくっつけ、コの字型にしてあり、各席には出前のカツ丼がすでに用意してあった。

課長も組合員で、星井や伴も出席していた。ちょうど年末一時金闘争がスタートしたところで、一人ずつが要求方式や獲得額について意見を述べた。終わりごろ、「新顔がみえてますわね。自己紹介してくださらない?」と編集部の四十近い女性が僕に視線を向けた。

僕は立ちあがった。氏名、年齢、前の勤務先、それから「営業局付の嘱託となります。岩藤さんの後を引き継ぎます」と言ったとき、一瞬、会場はしーんと静まりかえった。

あくる日、僕は地下倉庫への階段の途中で行き合った伴販売課長から「ゆんべ、組合総会にいたろ。あんたは組合員じゃないしさ、出なくていいよ」と注意を受けた。

「そうですか。星井課長はＯＫだったんですけど」

「そうかもしらんが、でも出ないほうがあんたのためなんじゃない」と伴課長は顔をしかめながら立ち去った。僕は岩藤のアドバイスを思い出した。

十月の終わりごろ、正午近く、僕は読者ハガキの返事を書いていた。突然、足早の靴音がして、背後にだれかが立った。海外に出張しているはずの若林常務だったので、僕は驚いた。

「木沢君、君はまだ売上げ実績ゼロだそうじゃないか」

僕は目を丸くした。急には声も出なかった。

「外へ出なきゃダメじゃないか！」と若林常務は怒鳴りつけた。そして踵をかえすと、僕の返事も待たずに室から出ていった。

僕は愕然とした。体が硬直して、しばらくの間、席から立つことさえできなかった。

しかし、どうして若林常務に叱責されたのか、僕は釈然とせず、次の日、そのことを板倉販売部長へ伝えにいった。

「じゃ、外へ出るんだな」

板倉部長は、僕が営業局付の嘱託ではあっても販売部に所属していず、直接の部下でないから余計な口出しはしたくなかったのだろう。

僕は港区芝にある労働会館へ行き、『戦前期日本労働史料』の内容見本を一包みもらってきて、「現品がなくても回ってみます」と板倉部長へ申し出た。すると板倉部長は虹村へ「一日だけ、木沢君についていてくれ」と命じた。

翌日の午後、僕は虹村と一緒に社を出た。虹村はアタッシュケースを手にさげ、がに股ぎみに歩いた。彼は毎日、主に書店を訪ねて回っている。

「木沢さん、なんかオモロイこと、ないですか」

僕よりも四つ下の二十五歳、色黒、中背、フレームが金色の眼鏡をかけている。札幌市の出身、大学を卒業して二年間勤めていた小さな海外旅行社から転職してきていた。

「女に血眼になっている男って、分かるよな。ぐずぐず鼻鳴らして、野良犬のようにほっつき歩いてるよ。まだらに赤い顔しちゃってさ。だけど、女の目から見たら、もっと分かるんじゃないか。さぞかしレキゼンとしてるでしょうな。木沢さん、今、付き合っている女のコ、何人います？案外、同棲でもしてるのじゃないか、と睨んでるんですが」

僕は煩わしい気がしてきた。僕にとっては、セールスの第一日目だったからだ。が、虹村は虹村なりに緊張している僕をリラックスさせようとの思いやりをみせてくれているのかもしれなかった。それで僕がこの四月まで「同棲ではなく、同居していた」足立区普賢寺町の都営住宅の女家主、独身の三十女のことを話すと、聞き終わった虹村は、

「ほほう」と立ちどまり、少し驚いたように口を開けたまま僕を見あげていたが、

「うん、じゃ、それでイタダキ。もちろん」

「いや、そういうことではないんです」

「そんなはずないよ」虹村は馬鹿にするなという口調で言いかえした。「三十前後の男と女がよ、一つ家のなかにいて、なにも起こらないなんて異常じゃないか。どっちがどうだったんだ？　いや、ウソだな！」と、顔を赤くしながら憤った。

二人は御茶ノ水駅から乗って、東京駅で降りた。僕がこの日予定している訪問先の二社は、どれも同じ郵船ビルにあった。ビルへ入りエレベーターの前にきたとき、

「今日は、ずっとついてきてくれるのですか」と僕は虹村に聞いた。

「ついてはいくが、途中までだな」

「どれくらい時間がかかるか分からないし、このへんで別行動にしますか」

「いや、とにかく板倉部長の、付き添いしろというご指示だからさ」

「じゃ、行ってきます」僕が手をあげると、

「木沢さんのご出陣、やーやー」と虹村は景気づけでもするように囃したてた。

僕はエレベーターに乗った。乗客は僕の他に三人。三人とも息をひそめて立っている。各階を

表示点灯する2、3、4、……という数字を見ながら、もう少しゆっくり昇っていってくれればいいのにな、と願った。

案内図で日進海運の位置を確かめた。途中にトイレがあった。ついと入って、鏡の前に立ち、のぞきこんだ。僕の顔は蒼ざめ、こわばっている。両手で撫でこすり、瞼、こめかみ、頰をもみほぐした。口をできるかぎり大きく開けてみる。「学海社の木沢と申します」と小声に出してみた。ネクタイを締めすぎている。首が筋ばっているので、ちょっとゆるめた。ダスターコートのポケットにある小銭入れがいやに重い。ダスターコートを脱いで腕にさげた。不安は募ってき、両脚が震えてきた。

受付嬢がカウンターの向こう側に座っている。僕は名刺をさし出して「労働調査課長さんにとり次いでください」と頼んだ。

「お約束ですか」

「いいえ」

「どういうご用件でしょうか」

「本のことでまいりました。『戦前期日本労働史料』という本をご紹介したいのです」

受付嬢はなおも警戒ぎみの目を僕に向けながら内線電話をかけた。

「課長はただいま外出中ですので、代理の者が電話口に出ております。お話しなさってください」

「本のセールスのこと?」と電話の相手が聞いた。

「そうです」

「じゃ、内容見本とかカタログとか、あるでしょう。それを置いてってくれない」

「できれば、お目にかかって、ご説明したいのですが」

「今、手が離せないんだ。電話切るよ」

虹村は一階のエレベーター口の近くのベンチに座り待っていた。

「どうでした？」

「外出中だって」

僕は手帳をとり出してめくった。次の訪問先は大正鉱業勤労部である。「すごく緊張してるんだよね。行ってきます」と虹村に手をあげ、再びエレベーターに乗った。しかしセールスの不安は、さっきと比べると、よほど減っている。

勤労課長が会ってくれることになり、応接室に通された。が、彼は「現品をもってらっしゃい、話はそれからだな」と言い、椅子にも着かず出ていってしまった。

虹村は同じベンチに座っていた。

「冴えない顔してるじゃない」

「現品を見せろって言うんだよね」

こうして待っている虹村が、うっとうしく感じられた。

「現品見せないで売っちゃうのがミソ、ショウユなんだよな」

「もう一人にしてくれませんか」と僕は苛立った声を出した。「ずっと一緒だったことにすればいいでしょう」

「別にさ、気つかってもらわなくても」と虹村は反発した。「そうよ、こっちだって暇じゃないんだ。さあ、それじゃ僕ちゃんも書店回りだ。店の女のコのプリプリしたお尻、なでなでして、本棚確保してくるよ」

僕は日本郵船ビルの近くにある新大手町ビルへ足を運んだ。最初の二社は、目ざす担当者が不在で、内容見本と総目録だけ置いてきた。三社目の石山重工業では、図書課長に会うことができた。「どうして君が来たの。うちに出入りしている本屋で買えないの？」と図書課長が僕に聞いた。

「もちろん本屋を通してご注文できます」

どこの図書室でも、これまでどこかの本屋を通して買っているだろう。このことは、岩藤が言うとおり、歩合制セールスにはネックになるにちがいなかった。

この日、最後に訪ねた東京曹達の総務部労務課長は、

「こうした史料がね、いいものだということは認めるよ。だけど、僕ら、実務に忙しい。こんな厖大な資料に目を通す暇な人はいないのじゃないかな。やれるのは、大学の先生くらいのもんだろう。僕らがほしいのはね、即効薬なんだよ。それに、これは高いよなあ。ほかの読みたい本が何十冊と買える」

新大手町ビルを出て学海社へ帰る途中、やはり、いろいろ問題があるな、と僕は思った。けれ

ども、つい三時間ほど前、虹村と一緒に学海社を出たときの自分とはずいぶん違っていた。おかしいほどに溌剌としている。セールスの不安は、ほとんど霧散してしまっていた。

二

十一月上旬のある朝、僕は御茶ノ水駅から電車に乗り、東京駅で下車すると、丸ノ内側へ出た。今日の訪問先は、新丸ビルに集中していた。考えてみれば、どの大手企業にも労務管理関係の部署はあるとみて間違いなかった。五井製糖の労務厚生課長、朝日パルプの人事部勤労課長、古川化学の勤労課長と、ごくスムーズに会うことができた。

この日はまた、書店経由の問題にも、購入済みにも出くわさなかった。大手企業にとっては、本の購入のことなど大した関心事ではない、という印象を得た。

もうセールスの不安はほとんどなかった。けれどもセールスの不安が退いたあとにも不安は残っている。それはまた別種の不安であり、セールスの不安に覆いかくされていたにちがいない。

次の日の朝、僕は虹村と一緒に社を出て、御茶ノ水駅までしゃべり合いながら歩いていった。先日、郵船ビルで気まずい別れ方をして以来、僕はいくぶん後悔していたが、虹村のほうは別に拘っていないように見受けられた。

御茶ノ水駅の改札口まできたとき、

「そう、そう」虹村はふいと思いついたように言った。「経理に堀って嘱託の若僧いるでしょう。どうやらクビらしいな」

瞬間、僕の腹の底にヒヤリと冷たいものが走った。その感触は、まったく文字どおり冷たかった。堀は今年三月に高校を卒業した常勤嘱託で、たしか僕よりも十日ほど早く入社した。いつも血走った目をし、そわそわして落着きがなかった。そう言えば、何度か門馬総務部長にこっぴどく叱られている堀を見かけたことがあった。

「どうしてですか？」

「業務不適格だってさ」

半月ばかり前、僕は参加しなかったが、社内旅行があり、堀はその幹事のアシスタント役として会計を担当した。ところが預かった現金の一部をどこかへ置き忘れてきてしまった。うっかりミスで済ませられなくなったんだ、と虹村は話した。

虹村と別れてから、僕は改札口を通りホームへ下りたが、すぐには電車に乗る気がせず、しばらく突っ立っていた。あのヒヤリとした感触は、なんだったのだろう。近ごろの僕の不安には、いやな予感がいくつもつきまとっている。だから、こんな事態も予感していたらしかった。一瞬、予感が当たったと錯覚した。ところが、それは僕にではなく、僕の身近で起こった。ちょうど戦争映画のシーンのように、敵陣から飛んできた手榴弾が僕のそばで爆裂したみたいだった。

堀のミスに、僕はなんの関わりもない。部署も業務内容も違っている。けれども今の僕の不安は、堀が試用期間中にクビになるという事実よりも、もっと直接的ななにかからきていた。……堀も、不安であったろう。その不安自体が、ふつうにはありえないような単純ミスを誘ったのではないか。

単純ミスであればあるほど、クビの正当な理由になる、と不安がっていたのではないか。それで堀は、なににもビビってしまう。彼の注意力は不安に吸いとられてしまっていたのだ。僕にはよく分かる。というのは、その同じ不安に今の僕も囚われているからだ。

その夜、僕は嘱託社員ということで、労働組合の臨時総会へ出席するように言われていた。二階の大会議室へ行き、窓際に沿って並べてある椅子に座った。午後六時からだったが、組合員の集まりは悪く、二十名にも足りていなかった。伴販売課長が入ってきた。彼は僕をみとめると顔をしかめ、そっぽを向いてしまった。嘱託問題だから呼ばれているのに、と僕は不快だった。熊坂委員長が団交報告を始めた。

「……昨夜、若林常務より、『堀君を退職させることに決定したから、通知する』旨の申入れがありました。読みあげます。

『七月二十日入社後、試用期間の三か月はすぎている。わたしどもの事務処理は遅れたが、試用期間中と同じ扱いにしてほしい。解雇理由は、業務能力が不適格だからである。』

われわれ執行部は、ただちにこの問題を検討し、時間的に切迫していたので、

『人事については、慎重に扱ってもらいたいこと。解雇の場合は一か月前、組合に事前通知してもらいたいこと。』

とりあえず以上の二点について要望書を提出してきました」

議長が組合員に発言を求めたが、だれも挙手しなかった。すると議長は指名しはじめた。

「経理面での職制の指導の仕方には、問題がなかったのでしょうか？」

「採用時に、もっと慎重であってほしかった」

「解雇理由があいまいではないか」

といった意見は出たが、組合員はこの問題にあまり積極的には関わりたくないような雰囲気だ。

「しかし、われわれは、今回の堀問題について、まだスッキリしていません。再度団交をもち、経営側の正式な釈明を要求します。ほかにご意見がなければ、今夜はこれでお開きにいたしますが？」と熊坂委員長が見まわすと、

「事後承認の形なんだろ」だれかの声がした。

「発言するなら、立ってしてください」と議長が注意した。

「いいや、別に異議があるというんじゃないがね」と白髪の混じった製作部の組合員が、椅子から半ば腰を浮かしながら「正直言って、堀君、もう出てこないんだろ。辞めてしまった人のことを、どうこうしてもしょうがないと思うんだよな。みんな忙しいんだからさ、もっと現場のこと考えてやってもらえると有難いんで。格好つけても始まらん、ということだよ。ほんとはみんな、

事後になってはどうにもならんと、分かってるんじゃないか。事後、そいで時効、なんだろ。むろん、俺は経営側から事前に通知があってしかるべきだという意見だ。しかし、それがなかった。だったら、しようないよ。ただし、もう一言つけ加えるなら、これからは事前に、と決議してもだよ、半年もすれば忘れてしまうじゃないか。……いや、これは俺の感想です。執行部に反対しているわけじゃない。以上」

環君。

このころ僕のなかにはさまざまな不安が潜伏していた。

不安には対象がない、と思いがちだが、そうとはかぎらないね。学海社という対象は捉えどころがなく、僕に不安を生じさせた。けれども、かりに僕が学海社を退社すれば、その不安はたちまち消滅したにちがいない。初日のセールスを終えたあと、たしかに不安は退いていった。ということは、その不安の対象はセールスにほかならなかったんだ。

ところが、一つの不安が去っても、まだ別種のいくつかの不安が残っていた。それらは対象が不定なものであればあるほど、それだけ底知れなくなる。

僕の身のまわりで次から次へと起こる出来事が、新たな不安を発生させる。が、ここにおいても、「空虚」や「切断」と同じことが起こっていた。そのような「不安」——その一つの極へと集中させる力がはたらいていた。どこか、僕の与かり知らないところで。似たもの同士がくっつき合う、あるいは類が類を招くという力が。

その結果、「不安」の内実は固定していない。つまり、「不安」は日々初めての不安的な事態に出くわしたとき、なにかを取り込んだり放出したりして、自己更新していくからだ。

不安はたしかに僕を活気づかせてくれる。僕は極度に緊張し、僕の五感は鋭敏になり、だから環君、ふつうには見えないものでも見えてくるんだ。とりわけ不安が正体不明であればあるほど、それに対応する力も際限なく費やされ、平生の僕より倍も生きていると実感する。しかし、当時、僕が痛切に感じさせられていたのは、不安に囚えられると、どうにも不自由になる、ということだった。身体が硬直する。次の一歩を踏みだそうにも、身動きならない。まったくの無力に陥ってしまう。

類が類を招くといっても、先にも言ったように、そこでは自ずと選別が行なわれているらしい。ところが無力であると、なにが起こるかしれなくなるんだ。あれこれの不安が次から次へと襲ってくるのは、無力であり防御の能力が失われていたからではないか。そうしてあれこれの不安を無制限にとり入れた「不安」はしだいに肥大化して過重になり、頭のなかが壊れそうな恐怖を感じて、すると「不安」を丸ごと放棄する事態に到る、——それでどういうことになるのか？　とにかく僕の場合は、もう少し後になってからだが、その寸前までいったのだった。

一二

十一月中旬のある日、僕は都内の労働組合関係を訪ね回っていた。

労働組合の教宣部長や教育文化部長は多忙をきわめており、会えても、用件を聞き終わるや「検討しておきます」と答え、そそくさと立ち去った。その後姿を見ていると、なんとなく期待できなかった。図書室も貧弱で、労働組合によっては、はたして図書室があるのかどうかも疑われた。やはり現品がないとやりにくいし、そのため同じセールスして回るにしても、効率が悪いにちがいなかった。

しかし効率のことよりも、まだ一セットも売っていないこと、ゼロという事実が、僕の気分を重苦しくしていた。このゼロはどういうことなのか。一つは『戦前期日本労働史料』という本自体の需要層、つまり買って読む人がどれほどいるかである。もう一つは、僕自身の売る能力が問われている。経営者側は僕のセールス未経験を承知で採用したとはいえ、いつまでも大目にみてはくれないだろう。今の僕には、このゼロが、明日も、明後日もと強迫めいてきた。

新宿駅で下車し、レストランで遅い昼食をとっていたとき、ふと前に一度訪ねてみようとしたFテレビのことを思い出した。そこの総務部副部長は、『戦前期日本労働史料』の編者である大学教授から手渡された訪問先リストに載っている。が、新宿からバスに乗って八つ目の停留所まで入りこまなくてはならず、時間は食うし、おっくうだったのだ。それに、どういうわけか、『戦前期日本労働史料』とテレビ局はあまり関係がないように思われていた。

　僕はＦテレビの受付で、総務部副部長に面会を求めた。すると、ほどなく女子社員が現われ、僕を案内していった。総務部副部長の個室がある会社なんて初めてのことだ。女子社員がドアを開けてくれ、なかに入ると、眼鏡をかけた小柄な太りぎみの男が大きな机の前に座っていた。彼は「よお」と手をあげた。挨拶して名刺を渡すと、「君んとこは、いい本出しとる」と小きざみに肯いた。

　僕はこのごろ内容見本や総目録を出す前、まず口を開いた。もう咽喉につっかえずにしゃべることができた。

「この本は、前から承知しとるよ。そうか。君んとこでやっているんだ」

　女子社員は副部長の秘書らしく、紅茶とケーキを運んできた。

「限定出版ですし、この機会に、ぜひ一セット、お買いいただけませんか」と僕は、たぶん相手の雰囲気にも助けられたのだろう、わりにスムーズに言うことができた。

「ハハハハハ」と副部長は一しきり愉快そうに笑った。

　僕も一緒に笑っていた。よく断わる前に笑う人がいる。だから期待していなかった。

「うん。せっかくおいでになったんだから、このさい、うちにも備えることにするか」

　僕の心臓が早打ちしはじめた。それから、なんだかもどかしくて不器用に手足や肩を動かしている自覚があるだけだった。

「……お願いするよ」

瞬間、僕の目には相手の顔が揺れてよく映らなかった。すぐには口がきけなかった。どれくらい間があったか、たぶん長くなかったが、……僕はやはりもう一回念を押さなくてはと意を決して言った。

「あの、お買いくださるのですね」

「なんだったら、紹介状も書いてあげようか」

「は？」僕は副部長がなんのことを言っているのか、すぐには察知できなかった。こちらの念押しに対する返答ばかりを待っていたらしかった。

副部長は、便箋に万年筆で走り書きし、「タイプして、コピー、そうだな、二十枚もとってくれ」と秘書に命じ、僕のほうへ向き直ると、

「しかし、君は一社、一社訪問セールスしてるのかい。大変だろ。学海社さんらしいがね。ハハハハハ」

秘書がタイプした紹介状の文面に僕は目を通した。

『この度、学海社では、戦前期日本労働史料（全一一巻）の集大成を限定出版することになり、私の友人より協力の依頼がありました。ご多忙中、失礼なことかとも存じますが、ご紹介ならびに推薦させて頂きますので、この書状持参の者をご引見の上、何分ご配慮、ご斡旋を賜りますよ

う……』

それから副部長は、机の引出しから分厚い名刺ホルダーをとり出し、一枚一枚抜きとって「コピーしてあげて」と秘書に手渡した。

「なんとお礼申しあげていいやら……」と僕は、ただ何回も頭をさげた。

バスで新宿駅へもどる途中、僕はずっと夢心地だった。

十二月上旬のある朝、僕は永淵営業局長に呼ばれ、局長室へ行った。

「どうですか、木沢君。順調にいっていますか」

僕はこの際、歩合制セールスについて日ごろ気になっている問題点を並べてみることにした。

――歩合制セールスに向く本とは、(A)高価である、(B)読者が特定できる、(C)類書がない、の三条件を同時に満たすものでなければならない。ところが学海社には、(B)(C)の本はともかく、(A)の本が思いのほか少なく、しかも先々どのていど刊行されるのか未定であること。次に、学海社の本はすべて書店経由で買えるから、僕が直接セールスして注文をとっても、買手はその申込みを書店にするかもしれないこと。

「少なくともこの二点は、明らかに歩合制セールスのネックになります」

これは、すでに岩藤が二年もの間、実地に歩合制セールスしてみて見い出した難点であった。

「じゃ、どうしたらいい？」と永淵局長は問うた。

「歩合制をひとまず中止して、正社員にしてください」と僕は単刀直入に言った。「その間に、歩合制セールスの有利な点を徹底的に調べてみます。よし、となったら、僕はすすんで正社員から嘱託へ逆もどりします」

「正社員のことは考えないでもらいたい」と永淵局長は不機嫌になった。「正月明ければ『戦前期日本労働史料』と『東アジア地質図』の現品が搬入されるから、今日は歩合率を決めたいんだ。歩合保証給はやめて歩合給とし、歩合率は定価の一五％。どう？　固定給の部分はそのまま。精勤手当、残業手当、昼食補助費は外す。うまくいかなければ考え直すが、とにかくこの条件でやってみてくれ。いいね」

その夜七時すぎ、伴販売課長は僕を学海社の近くにある平屋建ての小さな店「天神」というお好み焼屋へ連れていった。鉄板の付いた食卓の前にさし向かいで座った。

「腹減っちまったからな。俺、あんまり呑めないの。こういうところが性に合ってる。ツケがきくから、木沢さん、遠慮なくやって」とビールの栓を抜いて僕のコップへ注いだ。

伴課長は窮屈そうだった。僕より一つ年上、まだ独身、板橋に住んでいる。ときどき窮屈を払いのけるかのようにぶるぶるっと肩を振るった。盛りあがっている彼の両肩は、体のバランスを悪くしていた。家が貧しく、中学生のころから新聞配達をしていたせいだと聞いている。

腰のひどく曲がっている婆さんが大皿を運んできた。イカ、エビ、豚肉、キャベツ、ニンジン、タマネギなどが大皿に載っていた。

二人はいっとき黙々とさかんに食べた。

「やっと人心地ついたよ」伴課長はハンカチで口を拭いながら「さあて」と、あぐらを正座に直した。「あんたさ、セールスが性に合わないってんなら、さっさと辞めるが利巧だよ。よそでも、無理と過労がたたりダウンしちゃって、辞めるケースが多いそうだからな」ちょっと咳払いをして「木沢さん。あんたは、新年から真剣勝負と腹をくってもらいたい」

「いよいよ現品が入りますからね。よく分かってます」

「そう、今までは現品がなかったからな。うん」と一つ肯いてから「木沢さん、自信なくてもさ、ハッタリあっていいと思うんだ」

店の婆さんがきて、丸めた新聞紙で鉄板の上を拭った。油を垂らして、次のお好み焼にかかった。伴課長は正座をくずしてあぐらをかいた。

「あんたはさ、自己ピーアール少なすぎる。自己ピーアールできずして、どうしてモノ売りできるね？」

「売ればいいのでしょう。どんなやり方でも」

「自己ピーアールはさ」と伴課長は優しい目色をみせながら「なにも外向けだけじゃないの。社内にもだ。これ、肝心なことね。外でやってることが、しぜん社内でも出るわけだろ。ズバッ、ズバッとやってよ。『これが、俺流なんだ！』ってさ。俺は、そうだよ。『この問題は？』『俺なら、こうする！』って。チョンボやってもかまわんじゃない」

伴課長は、やや声を低めて続けた。

「大将はさ、できっこない仕事言いつけるよ」

永淵局長を「大将」と呼ぶのは伴課長だけだ。

「限度なんてないやね。体二つあったって足りやしねえ。だがよ、俺たちは一所懸命やりゃいいのよ。そうして、いいかい、それができなくってもだ、わりかし寛大な扱いなさる。その責任は、大将一人がかぶるんよ」

伴課長は僕に「どう」とビールをさし出し、僕が「もう、けっこうです」と答えると、自分のコップになみなみと注いで一息に呑みほした。

「俺のモノサシはな、売った数字よ。どんな理屈並べたって売れなくちゃ、そやつがどっかマズってる証拠なんだな。とくにセールスは結果だよね。木沢さん、そう思うかい？」

「はい。そのつもりですよ」

「そうかい？」と、伴課長はとまどった表情をみせた。

「そうです。その覚悟でやります」

「ふむ。ところが違うんだよな」伴課長は目尻におびただしい皺を寄せて苦笑いしながら「まあ、しかし、これ以上のことは、俺の口から言うのもセンエツだろ。俺にもよお分からんし」と言葉を濁した。そして、しばらくの間、俯いたままタバコをさかんにふかした。

「どう違うのですか？」と僕は気になって聞いた。

「うーん」と伴課長は唸り、いっとき首を左右に振ってから「それはさ、……いや、どうもあんたは、いけんよ。生真面目だからさ。あんた自身、どう思ってる？　あんたの今の立場、よくないんじゃないか。も一度、くり返しておくね。年が明けたら、真剣勝負よ。ほんと、踏んばってくれよな」

と言い、肩をすぼめ、なぜかへつらうような笑みを浮かべた。

一三

正月休みが明けた日、出勤すると、社員たちはちょっとうるさいほど「おめでとうございます」とか「本年もよろしく」とか挨拶を交わしていた。午前一〇時から二階の大会議室で新春初顔合わせの集会が開かれた。社長、若林常務、熊坂組合委員長が演壇に立って、それぞれ今年の抱負を述べた。副社長の姿は見かけなかった。日本酒の一升瓶が僕の席にも回ってきた。社員たちはその冷酒を紙コップに注いで飲んだ。やがて司会役の門馬総務部長が「恒例にしたがいまして……」と年男・年女を指名しはじめた。

僕は早々に自分の席へもどった。休み中に溜まっていた読者ハガキのことが気がかりだったからだ。返事を書いていると、星井宣伝課長が通りかかり「ちょっと」と手招きした。彼は僕の耳元で「永淵局長とね、亀山局長と門馬部長、この三人には一言でいいからさ、新年の挨拶しておきなよ。若林さんは、もう挨拶回りに出かけちゃった」と囁いた。

僕は販売部の室を出た。ちょうど永淵局長が階段を駆けおりてくるので、待っていて、「本年もよろしくお願いします」と頭を下げた。一瞬、永淵局長は僕に問いたげな目を向けたが、急いでいるらしく、そのまま通りすぎてしまった。二階の大会議室へ行くと、立食パーティはまだ続いていて、亀山局長や門馬部長の姿が見えた。

「本年もよろしくお願いします」と僕は門馬部長にお辞儀をした。門馬部長はけげんそうな表情をみせた。「うん」と応じてくれたが、それっきりだった。

今度は門馬部長の横に立っている亀山局長に同じ挨拶をした。すると亀山局長は僕に向き直り、

「で、なんの用?」とつっけんどんに聞きかえした。

「いいえ、別に」と僕は顔が赤くなるのを覚えた。

「さっき集会のとき、みんなで挨拶したじゃないか」と亀山局長は仏頂面をして言った。「それとも君は、遅刻してきたのか?」

最初からこんな結果になるような気がしていた。星井課長の助言もほどほどにしておかなくてはいけないな、と僕は苦々しかった。

午後、販売部の社員たちは得意先へ挨拶回りに出かけていった。僕はまた、百枚余りの読者ハガキの返事を書くのに没頭した。夕方、星井課長が宣伝部の室から顔をのぞかせ、

「木沢さん、ボーリング大会に出てくんない?　ひどいの。さっき急にさ、俺に幹事役やれって

んだもの」とぼやいて、「人集めに苦労してんの。若林常務はご参加だよ」

僕は疲れていたが「はい、出てみます」と応じた。

池袋のボーリング場に着いてみると、僕は若林常務と同じレーンの組に入っていた。星井課長が気配りしてくれたのだろうか。若林常務はまだ来ていなかった。昨年の十月末「外に出なきゃダメじゃないか！」と若林常務に一喝されたときのショックが僕の胸中に甦った。

僕はボーリングを楽しめなかった。何回目かのガーターで、わきの溝に落ちて転がる球を目で追っているとき、背後から「木沢君」と声がかかった。振りかえると、若林常務だ。

「君も、よくやってくれるのう」と若林常務は球が消えた先のほうを指さした。

僕は姿勢を正して「あ、常務。本年もよろしくお願いします」とお辞儀をした。

「うむ」と若林常務は機嫌よさそうな様子である。そばに寄っていくと、

「僕は君に大なる期待をかけている。わが社も、これからはセールスマンをどんどん採用していく方針だが、まあ君はその栄えあるトップバッターだよな。君がお手本になってくれなくてはいかん」そして「頼りにしてまっせ」と不意におどけた口調でつけ加えた。

若林常務の番がきて、椅子を立っていった。彼が転がす球は、重そうでいて速かった。ピンを十本とも打ち砕かんばかりに飛び散らしてしまった。

「どんなもんだい」豪快に笑いながらもどってきて椅子に腰をおろすと、若林常務はまだ僕が立っているのに気づいて「なあ、木沢君。われわれの住む日本社会にも、セールスや営業職につい

ている人間の数は何百万人のはずだが、もう少し考えてみると、上は社長から下はトイレ掃除のおばさんまで、これことごとくセールスマンではないかね？　なんとなれば、彼らはなにかをセールスしているからこそ、その見返りとしての報酬を得ている。単に企業人ばかりではない。学者は学問を、芸術家は美を、弁護士は法律を、医者は治療を、詐欺師はインチキを、売春婦は読んで字のごとくであり、叩き売りはバナナを売っている。なにも売っていない人間は浮浪者となって野垂れ死にするほかない」

若林常務のこのような話は、話の中身とは別に、なにかしら僕を安堵させた。

社員たちが入れかわり立ちかわり若林常務へ挨拶にきた。そして僕が若林常務となにを話し合っているのか、ちょっとの間、聞き耳をたてていた。

若林常務の番になり、立っていき、また全部のピンを倒してしまった。

「ストライーク」と野球の審判員のように片手を突きあげ「プロ並みですね」星井課長が近寄ってきた。「常務、ボーリングでメシが食えるんじゃないですか」

「おだてるんじゃない」と若林常務は言いかえしたが、満更でもなさそうである。

「さっきの続きをやろう」と若林常務は僕のほうへ向き直った。「だれもがセールスマン、とそうまでは言わなくても、経営者にとってセールスはたいへん重要な職種になってきているのだよ。君の仕事は、時代の要請に合致している。君は、運がいいんだ。運が味方してくれるなんて、万に一つもあるもんじゃないぞ。しかも君がただいま勤務している学海社の常務取締役が、セールルスについてそんな見方をしている――ということはだ、君の場合、ますますラッキーじゃないのか」と若林常務は僕の顔をのぞきこみ、にやりと笑った。

僕は恐縮しながら「ええ」と小声で返事した。

「そのとおりだろ。どう？　将来、わが社は、セールスマンを優先して幹部に抜擢する。社長も夢ではないぞ。アメリカじゃ珍しいことではないがね。君は、もう外に出ているんだろ？」

こんな質問をするというのは、若林常務が昨年のことなどまるで拘っていない証拠だった。

「はい。毎日セールスして回っています」

「よろしい。どんどん売りたまえ」

僕の胸は晴れた。不安がたちまち退いていった。僕のなかのどこかに潜んでいる、どことなく所在の定かでない不安は、所在の定かでないまま、それでもたしかに退いていくのが分かった。


一月の中ごろ、『戦前期日本労働史料』と『東アジア地質図』が学海社の地下倉庫に搬入された。これで現品はいつでも持って出かけられるようになった。星井宣伝課長の作成した大きな広告が全国紙に掲載された。

やはり現品があるとセールスはずいぶん効率がよくなった。

僕には『東アジア地質図』よりも『戦前期日本労働史料』のほうがなんとなくなじめた。だからといって、『東アジア地質図』を放っておくわけにはいかない。ある夜、明日の訪問先を渡された売り込み先のリスト上で検討していたとき、これまで『戦前期日本労働史料』をセールスにいった会社が、『東アジア地質図』とも重なっていることに気づいた。もちろん部署はちがっているが、所在地はたいてい同じであった。

あくる日、僕は東京駅から出て、大正鉱業探査部、九州製鉄技術開発部、東邦金属鉱業地質部、……と訪ねて回った。

「満州・朝鮮・華北の地質図を編集・印刷したものです」と僕は実物見本として一枚の地質図を見せた。「縮尺二五万分の一です。貴重な出版物でありますが、残部が少ないので、この機会にぜひともお求めください」

けれども高額なのがネックで「検討しておきましょう」という返事ばかりであった。

大手町ビルにある全日本セメントでのこと、受付嬢は地質部長に取り次いでくれた。ほどなく若い社員が受付までやってきた。

「部長は今ね、席をはずしているので、なにか？　かわりに承りますが」

「こういう地質図は、いかがでしょうか」と僕は手提鞄から実物見本の地質図を一枚とり出し、ひろげて見せた。

「ほほう」その社員は興味を覚えた様子である。「こりゃ、すごいや。うーん」と唸った。「だけど、待てよ……」

そのとき、

「あっ、部長さん！」と受付嬢が呼んだ。

通りかかった焦茶色に日焼けしている四十代半ばの男が立ち止まった。

「部長。まあ、見てください」と社員がひろげたままの地質図を部長へさし出した。

のぞきこんだ部長の目の色が変わった。

「これは、どこにあるのかね？　手に入るのか？」急きこんで僕にたずねた。

「はい。ですから、ご紹介にうかがいました」と僕は名刺を手渡した。

「うん。まさしく、これだ」部長は地質図の隅から隅までなめまわすようにして見ていたが、「一セットしか売らないのかね。もう一セット、どうしてもほしいのだがね。外地に送ってやるんだ」

と僕にすがるような目を向けた。

「はい、どうぞ。何セットでも」と僕の声もうわずっている。

「明日にでも持ってきてくれたまえ。とりあえず二セットね。現金即日払いする」そして部下の社員に「じゃ、あと頼む」と言って、急ぐ用でもあるのか、部長は足早に離れていった。

僕はちょっとの間、呆気にとられていた。

それから、われとはなしに計算していた。――『東アジア地質図』一セットの定価は八万円。歩合率一五％だから、歩合給は一万二千円、二セットだと二万四千円。昨年までの月給を一日で稼いだことになる。

大手町ビルを出てからも、僕の興奮はおさまらなかった。

環君。

「空虚」「切断」「不安」――これら三つは、気分であったり、体感であったり、あるいは意識であったりするが、その実、形状すら定かでない。しかし、分かっていたことがある。僕のなかでのこれら三つの出没が他のなににもまして多かったこと、そしてそのことは推測でも仮定でもなく、事実としてよく感知できていたのだ。

このころ僕の時空間は三つの極が同居しているようにみられるが、それぞれ独立しているのではなく、互いに関係しており、一つの極の動向が他の極のそれに影響した。

「切断」の出没は僕が入社してからというもの、みるみる頻繁になり、僕の時空間をほとんど独占するようになった。すると、まず「空虚」が減少し、遠退いていった。また「不安」はたえず「切断」に随伴しているが、先にも指摘したように、「切断」以外にもあれこれと随伴しており、「不安」自体が肥大化し過重になる。やがて耐えきれず丸ごと放棄する事態にでも到れば出没する度数はゼロになったろう。

一四

一月末、学海社の近くにある活魚の店「月酔亭」の二階で、今度営業局において新しく発足する販売促進研究会が開かれることになった。星井宣伝課長は僕にぜひ出席するようにと勧めた。

「参加は自由、だけんど部長以上はヌキなの。だから固苦しく考えないでさ」

会の性格があいまいで、僕は乗り気になれなかった。このところセールスは上向きになってきている。この波に乗らなくては、と僕は焦っていた。

学海社には学海社固有の論理があり、それは社会に通用する一般の論理とは違っているにしても、学海社のなかでは優先する。

学海社における歩合制セールスの問題は、岩藤が教えてくれたように、もともと嘱託規定があり、かなり前から労使の間には「嘱託問題」が存在していたことなど、固有のプロセスと関係してきてはいるものの、アメリカ式の完全歩合制セールスはそこから直接発生してきたものでなかった。だから労働組合、ことに営業局の社員たちはそれに違和感をもっていて、岩藤を見放したりもした。

が、とにかく販売促進研究会へ行ってみると、座敷には販売部の全員十一名が集まり、ほかに宣伝部の二名、商品管理部からも五名が加わっている。五つの食卓のガス台には陶製の鍋が載せてあり煮えはじめていた。タラのちり鍋だった。

「そろそろやろうじゃないか。ところで、今日のテーマはなんじゃい」と、八田がだれにともなく言った。

「司会はだれがやるの？」星井宣伝課長が隣りにいる伴販売課長に聞いた。

「知らんよ。まだ、決めてないんじゃないか」

「決めてないって、……じゃ、いつまでたっても始まるわけないじゃない。しょうがあんめい、よし、俺がやる」と星井課長が立ちあがった。「えーと、司会をつとめさせていただきます。で、皆さん、なにがやりたいの？」

会席には爆笑が起こった。

「しょっぱなだからさ、親睦の会でいいんじゃない」と伴課長が提案した。

「じゃ、そういうことにする」と星井課長は応じた。「永淵局長へは、俺がなんとでも体裁つけて報告しとくからさ。今夜はお固い話一切なし、みんな、いいね？　無礼講で、なんでも腹ぶち割って吐きだしていい。好き勝手にやってちょうだい」

こうして販売促進研究会が始まった。めいめいが隣り同士でしゃべりだした。僕の左横にいた浜中が早くも席を立ち、銚子をぶらさげて注ぎまわっている。

しばらくすると浜中の座布団に福原がきて座った。「ちょっと聞ぎてんだけど」と僕のコップにビールを注ぎながら、前はどこに勤めていたのか、独身か、マージャンはできるかとあれこれたずねた。そこへ大久保が「おめ、なに人の悪口しゃべってんだ」と割りこんできた。「ひかえろ！この！」と福原が大久保の首玉に素早く腕を巻いて、ぐいぐい締めながら、「どんだ、まいったが」

「やめろ！　眼鏡がこわれるべ」と大久保が泣き声をだしたので、福原は腕をほどいて大久保の腰を足蹴りし、僕に「これから、お世話になります」一礼すると立っていき、四つん這いの大久保の背に馬乗りになってその尻をぴしぴし叩いた。

銚子がどんどん運ばれてくる。僕はあまり呑めなかったが注がれるたびに盃を空けた。すると、だんだん頭痛がしてきた。

「……ムリは承知の助さ。けど、ぶつかってみるんだね。それでも、ダメ？ うん。そのときに、お助けの神が。木沢さんよ、お分かり？ お助けの神になろうてんだよな、あの方は」と右横に座っている石戸は、首をかしげて下から僕の顔をのぞきこんだ。

「永淵局長のことですね？」

「当たり、です」彼はにっと笑った。

「そうか、そういう人なんですか」と僕は肯いた。

このとき肩を叩かれたので、振りかえると、大木が銚子をもって立っていた。

「なんか辛そうやね」と僕の盃になみなみと注いで「さ、パーとやったらええやん」

「どうも、ありがとう」僕はその盃の酒を一口で喉へ流しこんだ。

「木沢さんは、いっつも自分のことしか考えてないのとちゃう？」

「え、そんなふうに見えますか？」

大木は軽く肯いて、それから独りごとのように「なんでこんな会開いたりすんのやろ。分からんでもないけどさ。ここは、いろんな人がいてるからな。僕は、一々腹立ててたらきりない思てんねん」このとき隣りの席の浜中がもどってきたので「ほな、また今度」と大木は離れていった。

やがて隠し芸が始まった。流行歌か日本民謡ののど自慢だった。四人目、五人目とだんだん盛りあがっていき、そして案の定「木沢さん、なにか歌ってくださいよ」という成行きになった。僕は立ちあがり、「悪いのですが、こういう会とは思っていなかったので、今夜は勘弁してください。この次のときは歌います」と頭を下げた。

一瞬、座は静まりかえった。すると、思いがけず虹村が「はーい」と手を挙げた。

「皆さんに一つおたずねします。素朴な質問だから、一笑に付してもらいたいんですがね。この会は、なにをするんでしょうか？　いや、もちろん、今夜がオープニング祝賀ということは、承知していますが、主旨だけでもおっしゃっていただけませんか？」

虹村も、僕と同じ疑問を感じていたらしかった。

「虹ちゃん、永淵局長のOKはとってあるのよ」と星井課長が答えた。「まあ、言うまでもないけんど、もっと売上げを伸ばそう、そのためには、これからさ、研究しなくちゃなんない課題が山ほどあるでしょ」

「月例の販売部会がありますね。そこでやらないのですか？」と僕が質問した。

星井課長は伴課長のほうを向いた。

「じゃ、あんたはさ、こんな会には出たくないって言うの？」と伴課長が聞きかえした。

「さきほど、なんでも腹ぶち割って、ということでしたね。だから言うのですけど、漠然とした会には僕、正直、気がすすみません」

「なぜ？」と伴課長は語気鋭く問うた。

僕はできるかぎり経営陣の期待に応えようとしていた。歩合制セールスによる直販ルートの部門を成立させてみせよう、と。そうして成果を上げれば、僕の発言も一目置かれるようになるだろう。固有の論理となると、新入りの僕はそれを体得するまでにかなりの月日を要する。僕は一般の論理でやっていいんだ、営業局の社員たちとの間に多少の摩擦や衝突が起こっても、経営陣は僕をバックアップしてくれるだろう、と独り合点していた。

岩藤の退職は、結局のところ学海社にとっては損失であった、——と経営陣は反省したにちがいない。それで僕の場合は、いきなり歩合制セールスをさせず、固定給＋歩合保証給の段階を踏んで少しずつ慣れさせていこうとしているのだ、と楽観視していた。

岩藤が指摘した難点はだれの目にも自明のことに思われた。一般の論理からして、この難点を無視しては先へ進めないはずである。そこをなんとかしなければならない。そうしないと僕も岩藤と同じ退職の目に遭うこと必定だった。

「伴課長、僕は『これが、俺流なんだ！』でやってるんですよ」

「てやんでい！」

と伴課長が怒声を発したのに僕は驚いた。

会席は、白けてしまった。しばらくの間、みんな黙って呑んだり食べたりしていた。

「星井さん、もういいかい？　まーだだよ？」と八田が、ごたごたはご免だよという顔つきでたずねた。「いいんだったらさ、一本ジメぐらいやったら、どうなの？」

するとと星井課長が返事をしない先に、みんな帰り支度を始めた。

「一本ジメは省略。これで、お開きにしまーす」星井課長がかん高い声をあげた。

「月酔亭」から出ると、僕の頭痛はますますひどくなってきている。早く一人になりたくて、急ぎ足になった。すると僕の名を呼ぶ声がして、振りかえると、星井課長が駆けつけてきた。

「今夜の会はさ」と息をはずませながら彼は言った。「考えようによっては、プラスになったんじゃあない？　木沢さんはまだ、うちの社には慣れてないよね。みんなのこと、よく分かってないでしょ。無理ないよ。日中、外へ出っぱなしだしさ。ゆっくり話す時間ないもん。その意味では、いい機会だったんじゃない？」

「そうですね」

「うん。言いだしっぺがだれというわけじゃないんだけど、とにかくみんなのさ、気づかいだったと、そうみてやんなよ。木沢さんは、まだ正社員じゃない。でも、正社員を望んでるんでしょ。……もちろん、木沢さんには木沢さんのやり方もあるよ。余計なことしてくれた、と言うかもしれない。それなら、それでいいんだけんど」

「いいえ、そんな！　そんなふうには全然思ってません」と僕はあわてて答えた。

「じゃ、失敬」

星井課長は踵を返すと、夜道を駆けもどっていった。

環君。

機械工具新聞社から学海社へ転職して八か月の間、僕の立場はしだいに危うくなっていったが、その経緯をたどってみれば、個人的存在などというものは単なる場にすぎないこと、君も肯いてくれるだろう。その場には「空虚」「切断」「不安」が押し入ってきて他のもろもろのこと、もしくはものを追い払った。そして、くり返し出没し、他のなによりもその時空間を占拠していた。

これら三つは当時の僕の現実生活が必需としていたことであり、それで絶え間なく反復していたにちがいない。

だから、これら三つは僕が生きる上での本質であったとみていいのかもしれない。その本質が僕にとって良いものか悪いものかは別としても。

一五

板倉販売部長から、日本鉱山地質学会総会で、『東アジア地質図』の展示即売会をやってみないか、と声をかけられたとき、僕はすぐ応諾した。

たしかに展示即売会はお客に直接売るのだから「直販ルート」にちがいなかった。学会総会には、日本全国のあちこちから学会員が集まってくる。板倉部長が言ったとおり、学会はセールスマンにとって「客の巣」であろう。展示即売会の前夜、次々と注文を受けるのではないかという期待から胸が弾んで、僕はなかなか寝つけなかった。

その日の朝は、小雨が降っていた。社を出る直前、僕は商品管理部の運転手宍戸と口喧嘩した。運搬する五本の『東アジア地質図』がライトバンに積み込んでなかったからだ。板倉部長が宍戸に指示してくれているはずだった。

ところが宍戸は、

「ちゃんと倉庫の出口の前に用意しておくもんだよ」と文句を言った。「運転手は、雑役人夫じゃねえんだからよ」

僕は思いがけない宍戸の居丈高な態度に驚いた。

上野公園内の国立科学博物館に着いてからも、宍戸は運転席に座ったまま動かなかった。

「重くて一本ずつしか運べません。じゃ、悪いですが、待っていてくれますか」

僕は『東アジア地質図』を一本かついで、まず館内にある事務所へいって挨拶した。前から頼んであった机椅子を借りるのに、うまく連絡がついていなくて手間取った。会場になる講堂は二階にあった。「すみませんが、あと四本あるんです。運び終わるまで、ちょっと見張っていていただけますか」「大丈夫ですよ。まだ、だれも来てません」と事務所の若い男は笑顔で肯いた。

車にもどると、

「遅いじゃねえか」と宍戸はふくれっ面をしている。「一人で大変だったらよ、自前のバイト雇えばいいだろ」

なるほど、と僕は思った。

「初めての経験で、要領が悪くて、すみません」

「だったら、伴さんによく聞いてからやるんだよ」

宍戸の言うとおりであったが、僕にはぐっとこたえた。あと四本の『東アジア地質図』を車からコンクリート道路の上に下ろした。小雨は降りつづいていたが、包装紙が厚いから中身は無事だろう。

三本目を取りにもどったとき、宍戸のライトバンは消えていた。実物見本やリーフや総目録などを詰めこんだ二箇の手提鞄がコンクリート道路の上に放り投げてあった。腹の底から怒りがこみ上げてきた。

やっと五本目を運びあげると、事務所の若い男に手伝ってもらって、机を総会会場の入口のわきにつけた。額には汗が噴きだし、ハンカチで何回もぬぐった。マジックインキで書名と価格を書いた貼り紙をつくり、画鋲でとめて机の前に垂らした。机の上には『東アジア地質図』の実物見本一枚をひろげ、名刺入れの箱を置いた。

午前一〇時近く、学会員が次々にやってきた。ちょっと立ちどまり、眼鏡をかけて『東アジア地質図』の実物見本に見入る学会員もいた。が、開会の時刻も迫ってきているせいか、僕にたずねかける学会員はいなかった。

総会が始まると、講堂の入口の鉄扉はぎっちりと閉められた。遅刻してきた学会員は、急ぎ足で僕の前を通りすぎた。廊下には朝の冷気がいつまでも残っている。僕は脱いでいたレインコートを着こみ、机からはあまり遠く離れないようにして、廊下を行ったり来たりした。休憩時間はないらしく、会場から出てくる学会員はいなかった。一人っきりなので、トイレへ行けず困った。

宍戸への憤怒は燻りつづけていた。……が、そのうちに不安を覚えてきた。どうもおかしい。宍戸の僕に対するあの手荒い仕打ちは、暗になにか別のことを告げているのではないか？

一一時ころ、廊下の片側に二つ並んでいる売店がシャッターを上げはじめた。「音がしないように、そろそろとやっておくれよ。会場に響くっていうからさ」と売店のおばさんが作業衣の男に注意している。その売店の隣りに、二人連れの男が机椅子を運んできて展示売場を設け、本を並べた。「釣銭は用意してあるか」と年上のほうが言った。「すぐ出せるようにしときな。昼休みが勝負なんだ」地学書林という出版社で、彼らは朝早くきても売れないことを知っていたのだ。

一一時半、総会の午前の部が終わり、学会員が講堂からどやどやと出てきた。入口のわきは人々が溢れ、展示売場としてはまずいことが分かった。地学書林には客が寄りつき、本も売れている。僕のほうへは一人また一人とのぞきにきたが、すぐ離れていった。『東アジア地質図』は、日本鉱山地質学会にはあまり関係がないらしかった。昼食をすませた学会員がもどってきてからも、黙って実物見本やリーフをとっていった客が数名いたきりだ。「恐れ入りますが、名刺をいただけますか」と僕は客に声をかけた。たしかに学会員ははるばる地方から出張してきていた。

一二時半、会場の鉄扉は再びぎっちりと閉じてしまった。『東アジア地質図』は一本も売れず、僕はがっかりした。この展示即売会は、明らかに歩合制セールスには向いていない。板倉部長も、日本鉱山地質学会のことをよくは知らなかったのだろう。しかし、別の学会では売れるかもしれない。もともと展示即売するかどうかの判断は僕のすることであり、それにはまだこうした経験を何回も積むしかなかった。

地学書林の年上のほうが近寄ってきて、

「一人ですか？」と声をかけてきた。

「ええ、そうなんです」

「展示即売は一人でやるもんじゃないですよ。大変でしょ」

「すみません。トイレへ行かせてもらえますか」

「どうぞ、どうぞ」

トイレから駆けもどってくると、地学書林の二人連れは売場を片づけていた。店じまいが済むと、「午後からは売れませんよ」と僕に助言して帰っていった。

『東アジア地質図』は五本とも持って帰るしかないが、もう宍戸に頼む気にはなれなかった。事務所の若い男にタクシーを呼んでもらうことにした。

運転手の宍戸は商品管理部の正社員だが、日ごろから彼よりも目上、目下ということに拘っていた。目下の社員に運転手として気安く使われるのが癪らしかった。目下と見定めると、ひどく横柄になった。

嘱託は正社員より身分が低い。しかし僕の地位があいまいのままできているので、彼も判別しにくかったのだろう。ところが最近、彼は僕のことでなにか聞きつけたのだ。まだ僕自身、知らないでいることを。ほかの社員たちがしばらくの間は内密にと遠慮していることを。彼は開けっぴろげな性分なのだ。

だから彼のあの居丈高な態度は、僕の現在の危うい立場をかえって正直に伝えているのではないか?……そう思うと、不安がますます募ってきた。

一六

日本鉱山地質学会総会の展示即売では、結局『東アジア地質図』は一本も売れなかった。が、十日ほどたって、岡山大学温泉研究所から注文が入った。

「そういうのも、木沢さんの取り分になるのですか?」虹村が首をかしげてみせながら伴販売課長に聞いた。

「でも、これは展示即売会をやったから売れたのじゃないですか」と僕は主張した。

「岩藤のときは、こういうケース認めてなかったな」と伴課長は虹村の肩をもった。

僕は失望した。もう彼らと議論などしていたくなかった。セールスで勝負すればいいのだ。

翌日からは朝定時に出社すると、すぐ外へとび出した。日に二十数社、訪問した。自分でも猛々しいと感じられるほどの勢いで動き回った。

三月末の給料日、僕が給料をとりに経理課へいくと、永淵営業局長が居合わせた。

「どれくらいになっているかね？」

永淵局長はそうたずねながら僕の給料明細書をのぞきこんだ。

「こんなになる？」彼はちょっと意外そうな表情をみせた。

「このところ、売れていますから」と僕は、永淵局長が褒めてくれるだろうと内心期待して微笑みながら答えた。

「とりすぎだよ」と永淵局長はぶっきらぼうに言い放った。

「歩合給ですから」と、つい僕は抗弁の口調になった。「こんな月もあるのではないですか」

永淵局長は腕組みをし、しきりに首をひねっていたが、「歩合率を下げなくちゃいけないな」と呟いた。

その夜、僕は寝床に入ってからも、なかなか眠れなかった。不安がぶり返してきていた。……けれども、もうあれこれ思い悩まず、ただ全力をセールスに傾注しようと結論をつけた。そうすれば不安に追いかけられずにすむ。不安よりも早く走ればいいのだ、と。

四月に入った。永淵営業局長の歩合率についてのあの一言は、僕につきまとっていた。歩合率が未定になったことは、なにか中途はんぱでセールスする熱意を著しく阻害した。給料についてのは、あいまいにしておいてはいけない。永淵局長とよく話し合わなければならなかった。

が、いぜんとして永淵局長からの呼出しはなかった。永淵局長は多忙らしく、いつも局長室にはいなかった。たまに姿を見かけても「この次にしてくれ」と、時間を割いてくれない。こちらからわざわざ言いださなくてもいいのではないか、とも考えた。たえず歩合率に対する懸念はまとわりついていたが、一面では一日、また一日が終わり、今日も無事だった、と胸を撫でおろした。

僕は四月の労働組合定例総会に出てみた。春闘の時期で、賃上げが中心議題だったが、驚いたことに、もうとっくに済んでしまったはずの堀問題がまだ議論されていた。堀がクビになったのは昨年の十一月、今は四月である。もともと組合は、堀問題について歯切れの悪い取り組み方しかしてこなかった。そこへ堀問題のとき欠席していたらしい数名の組合員が、質問したり意見を述べたりして、むし返しているのである。僕には、組合が悠長すぎると感じられた。今の僕の緊張の度合いからすると、そぐわず、イライラさせられた。

ここの労働組合は各期の執行部によって活動の仕方がずいぶんと違う、執行委員は任期一年の輪番制ということも聞いている。当分、組合に出るのはよそう。時間の無駄だ。セールス一本に集中しよう、と決心した。

ところが、その翌日のことだった。夕方、たまたま廊下で永淵局長とすれ違ったとき、

「歩合率のことは、どうされるのですか？」と僕はたずねた。

永淵局長は返事をせず、歩みを止めないので、僕がついていくと、ふり返り、

「それより、君、辞めてもらえないかね」と、こともなげに言った。

「は？」

「そうすりゃ、歩合率がどうのという問題もないだろうしさ」

一瞬、頭のなかがカッと赤くなり、くらくらっとした。

「そうしてくれ。そのほうが、お互い、七面倒なことにならず済む。頼むよ」

「そうでしょうが、しかし僕は、辞めるつもりありません」

永淵局長はぷいと顔をそむけた。

僕は早足で歩いていく永淵局長のあとを追わずに踵を返した。こめかみに血管が浮きでて脈打っているのが、鏡を見ないでもよく分かった。販売部の室へもどったとき、星井宣伝課長の姿が目に入った。

「永淵局長は、僕に辞めてもらいたいのですか？」と僕は星井課長のほうへ突進していった。

「どうしたの？」と星井課長はたじろぎ後ずさった。

「今、そんな口ぶりでしたよ。だから、歩合率の問題もないとおっしゃるんです」と僕は声を高めた。

星井課長は販売部の室からあわただしく駆けだしていった。

それから三〇分ほど僕は自分の席に座り待っていたが、おかしなことに星井課長はもどってこなかった。

午後六時、僕は帰ることにした。社を出てからもずっとむしゃくしゃした気分がおさまらず、途中、渋谷駅で下車し、大勢の通行人のなかに紛れこんだ。晩飯を食べようかとも思ったが、まるきり食欲がなかった。顔が火照っていた。足が地についていないみたいだった。

やがて、本は売れてきているのに、なぜ？　という疑問が浮かんだ。納得できなかった。さらに、そのことはセールスの実績をいくら上げてみたところで解決しないのか、という新たな不安を生じさせた。

どうすればいいのか？　もはや自分一人の力ではどうにもならない。だれかに助けてもらうしかなかった。熊坂委員長は？　僕はつい昨夜、労働組合にはもう出ないと決めたのだったが、……。

それにしても永淵局長は、実にさりげなく言ったものだ。あの一撃が突然である上、あまりにも理不尽で、へたへたと崩折れ、立ち直れずに終わるのかもしれなかった。あの瞬間、僕の頭のなかを赤い熱風が通過した。脳を炙り焦がすような熱風だった。すんでのところで「わあーっ」と叫びそうになった。あのとき「辞めます」と口走っても、おかしくなかった。そして退職は現実になったろう。

永淵局長は、そこまで計算していたのだろうか？　たまたま廊下ですれ違い、先に声をかけたのは、僕のほうだったではないか？　しかし、日ごろから待ちかまえていて隙を突いたのではないか？　では、こちらにどうして隙があったのか？　もう四月、新年度に入っているから、なんとはなくこのままいけそうな気がしていたのか？　自動車の運転免許をとらせてくれたからか？歩合率を変更するというのだから解雇はない、と甘く考えていたのか？　一体、若林常務は放言癖のある人だったのか？……いろんな疑念が僕の頭に湧いては消えていった。

やがて僕は、入社前の異常に長かった面接試験のことを思い出した。そして入社してから今日までの八か月の間、まだ面接試験は続いていたのだ。そんなにも永淵局長は僕の採用をためらっていたのか。そういうことなら、しょうがないではないか。嫌がられてまで留まるつもりはない――と、僕は解雇を受入れそうになり、同時に僕の内に潜んでいる執拗な不安が退きはじめ、霧散していくように感じられた。

ハッとした。それで、つまり、どういうことになるのだろうか？　僕は今、ただ不安をこそ消そうとひたすら努めている自分に気づいた。でも、そうしないでいると、なにか自分の頭のなかが壊れそうで危険だった。このようにして人は諦めをつけ辞めるのかもしれなかった。だが、僕にはもう後がないのだ。耐えるだけ耐えるしかない、と僕は自分に何回も言って聞かせた。

小説における反復

一章

反復は、音楽、絵画、彫刻、陶芸、建築、舞踊等々、芸術の分野で広く活用されている。小説は、どうか？

小説においても、洋の東西を問わず、反復は書かれてきている。ところが小説の場合は、芸術における反復に比べて表立たず地道であり、どこか相違しているように見受けられる。

筒井康隆は、『反復する小説』という小論のなかで、自作のリピート・ノベル『ダンシング・ヴァニティ』を書いた動機について、

〈ダンス、演劇、映画、音楽など他の芸術ジャンルに顕著な反復が、なぜ小説ではなされ得ぬのかという疑問から発した〉

と述べている。

また、ベケットの戯曲『芝居』が、同じ芝居を二度くり返していることに対して、

〈音楽における繰り返しが芝居には応用され、なぜ小説には応用されないのだろうか〉と問うている。

なぜであろうか？

実は私も長年、この疑問にとらわれてきた。私自身、芸術に活用されている反復を小説にも、という願望はいまだに根強く、捨て切れない。

ただ、今の私には一応の答えが得られている。詩と散文の相違、芸術と小説の相違、――この二つの相違が反復の可非に起因している、と考えられるのである。

詩は反復を存分に活用している。散文（小説）はそのようにはできない。では、どこがどう違うのだろうか？

小説は後発のジャンルであり、芸術から多くを学んできた。小説が芸術をモデルにすることはごく自然のように受けとられ、実際安易に模倣されてもいる。しかし、だから二番煎じになりがちであり、新鮮味に乏しいのではないか。また、小説は音楽や絵画のように聴覚や視覚などの感覚へじかに訴えかけることができない分、不利なのではないか。

芸術の後追いをするよりも、小説が本来対象とすべき反復があるはず、小説独自の反復を探しだし追求してみてはどうか。

まず一つ目、詩と散文の相違について検《くら》べてみよう。

フランスの哲学者アランは『藝術論集』のなかで、こう書いている。

〈散文は詩ではない。それは、律動に乏しく、心象に乏しく、勢に乏しい散文が、何か劣つたものだといふのではなく、ただそれが詩に属すべきものを全然もたず、また詩に固有なあらゆる要素を否定し、排除することによつて自己を確立する、といふ意味である。〉

〈何故優れた作家は決して箇々の語に頼らないか。大作家に固有なことは普通語を以て、その集りによつて、偉大な効果を挙げることである。〉

〈純粋状態における散文は、常に注意力を箇々の要素からそらせて、全体の上に導かんとする傾向をもつ〉


次は、サルトル『文学とは何か』からの引用である。

〈詩は絵や彫刻や音楽の側にある。〉

〈詩は散文と同じ仕方では言葉を使用しない。いや、詩は全く言葉を使用しないのである。むしろ詩は言葉に奉仕するものだといえよう。詩人とは言語を利用することを拒絶する人間である。〉

〈詩人は道具である言葉と一挙に手を切って、詩的態度を選んだのであり、詩的態度とは言葉を徴《シーニュ》としてではなく、ものとして考えることである。〉


サルトルは、詩は芸術である、と言い切っている。この点、私たちも「詩はことばの音楽、ことばの絵」と言い、言語芸術とみなすことに大方異論はない。

詩人にとって言葉とは「もの」なのである。〈それはそれ自身によって存在〉し、外部の何かと対応しているのではない。詩人の言葉は、もの同様、不透明であり、汲みつくすことができない。これに対して散文家にとっての言葉は〈対象を指示する〉道具である。

さて、では小説における反復で、よく問題になる「同文反復」はどういうことになるのだろうか？

ある小説の一節をとり出してみよう。アランのいうとおり、通常、散文（小説）は個々の語に頼っていず、集りによって効果をあげる。つねに読者の注意力を個々の要素からそらせて、全体に導こうとする。したがって、その一節は平々凡々とした文の連なりであり、全体との関係によってしか意味創出できないために未完である。そんな中途はんぱなままの一節を切り出して反復されても、当然のこと読者は退屈であり、うんざりさせられるのである。

ここでの全体とは、ゲシュタルト学派のいう「部分の総和以上のなにかであるような全体」あるいは「部分には還元しえない特性をもつ全体」とみていいだろう。そして、このような「全体」の創出こそが小説独自のことと考えていいのだろうか？

俳句（最短の詩）を例にとってみよう。

「閑さ」「岩」「しみ入る」「蟬」「声」という一語一語は日常ありふれたものだが、これらの部分が繋がったとき、

閑さや　岩にしみ入　蟬の声

と俄然、「部分には還元しえない特性をもつ全体」が創出される。

先のサルトルでみたように、詩の言葉は目的であり、「もの」である。ところがこの芭蕉の俳句のように、そうでない詩も少なくない。「部分には還元しえない特性をもつ全体」を創出するのは、小説独自のことではなく、実は詩でもよく行われているのである。

では、小説と比べてみて、どこがどう違うのか?

詩の方は短く完結している、という以外、小説との違いは見い出せない。音楽作品のなかの一主題、また一旋律は反復しても聴き手に快く、満足感をもたらす。というのも、その一主題、また一旋律は短くとも完結しているからだ。してみると反復の満足には、短いこと、完結ということが必須の条件なのである。(二章参照。)

小説の場合は、文と文、段落と段落、節と節、章と章、さらには文と段落、段落と節、節と章、等々の組み合わせによって初めて「部分には還元しえない特性をもつ全体」が創出されてエンドになる。いや、エンドに到るまでが長いというばかりではない、次章で触れるように、優れた小説は本来的にエンドレスであるとさえみられている。

二章

それでは二つ目、芸術と小説の相違について検べてみよう。

芸術にとっては作品がエンド、すなわち目的であり終わりなのである。そこは「至高の処、永遠の時」である。そして小説と比べたとき、このことこそが芸術の特性ではないかと私には考えられる。

もちろん小説的絵画もあれば、音楽的小説もある。が、全体的な観点からすると、それらは例外的なケースに入れざるをえない。

図書分類法などでは、音楽や絵画は芸術に含まれるが、文学は別で、芸術と並置されている。けれども芸術と小説は多くの面で重なり合っており、相違の境目があいまいでもある。先のアランはスタンダールの小説を「散文芸術」と呼んでいるし、また詩と散文の相違を論じた中村光夫の『小説入門』のなかで彼は、小説は「非芸術的な芸術」であると言っている。

ところが今回のように「反復」を検討しようとするとき、芸術と小説の相違を無視することはできないのである。両者を比較対照してその相違を際立たせ、両者それぞれが有する特性を見極めなくてはならない。

(先述したように、本稿では諸芸術＝芸術としてきたし、そのまま通させていただきたい。また「至高の処、永遠の時」については、音楽にしろ絵画にしろ最古の時代から礼拝的価値を宿してきており、芸術的価値として認められるようになったのはルネサンス以降とされるが、ここではそうした歴史的な経緯は割愛する。)

とくに芸術至上主義を標榜していなくても、芸術的志向の強い小説家は少なくない。

フローベールは、

〈主題のない本、外界となんの繋がりもなく、ただその文体の内的な力で自らを支えているような本〉

を夢見ていた。

川端康成が〈芸術的な小説を書くことでは他に類のない〉と賞賛しているヴァージニア・ウルフ、その彼女の理想的な小説とは、

〈それ自体で完成していて、自足的であり、人の心になにかを行ないたいという欲求を少しも起こさせずに終わるもの〉

である。

二十世紀のヌーヴォ・ロマン（アンチ・ロマン）系の作家たちもこう述べている。

〈ある絵画の唯一の実在が絵画作品であるように、ある小説の唯一の実在は書かれたものの実在である。〉（クロード・シモン）

〈私にとっては、無から何かを作り上げることが問題である。それだけで通用する何かを。〉（ロブ＝グリエ）

つまり、これらの小説家たちは「至高の処、永遠の時」を理想としているのである。

小説は「至高の処、永遠の時」を絶対視できないだろう。小説は、問うだろう。芸術作品の場

合、サルトルが言うように、

〈誰も問わない〉

〈質問は答を許さない。或いはむしろ質問がそれ自身の答である。〉

他方、小説はすべてを疑うところから始め、問いつづける。芸術における反復は一般的に無前提であるが、小説における反復は、まず前提としてその発生まで遡らなくてはならない。ヌーヴォ・ロマン系の作家ソレルスは「優れた小説には、納得のいく生成過程がある」と言っているが、小説自体が常にその発生を問われるものである。

J・クリステヴァ（ソレルスの夫人、ロラン・バルトの愛弟子）は、

〈小説は変動の過程〉

であり、完結した形式は存在せず、

〈到達したためしのないゴールへ向けての行動〉

と書いている。

こうした小説観は、蓮實重彥『小説から遠く離れて』のなかにもみられる。

〈小説という名の装置はいまも休みなく作動している。〉この装置は、生産とは異質の機能を担っている。「交通」（柄谷行人）という機能を。蓮實はつづけて〈作家が作るのは芸術作品などではなく、「交通」の装置〉、つまりみずから運動しつつ運動を煽りたてる装置が小説だ、という。

〈われわれが読むべきなのは、生産されて動きを止めた言葉の軌跡ではなく、いま、この瞬間に

も作動しつつある装置としての作品の運動そのものでなければならない。〉
小説には、たしかにこのような小説観を肯かせる力能がある。
私たちが生きているこの世界には終わりのない運動が持続している。反復はどこに潜在しているかしれないのだ。反復を追求するのには、「至高の処、永遠の時」がエンドである芸術よりも、「反ジャンル的ジャンル」「超ジャンル」と呼ばれ、ジャンル自らが「可変的」「変幻自在」である小説の方がその本領を発揮してくれるのではないか、と私には思われるのである。

三章

この章では、芸術における反復をモデルにした二つの小説作品の反復を追跡してみることにしよう。

J・リカルドゥーはヌーヴォ・ロマン系のテル・ケル派に属する評論家・小説家であり、今日では知らない読者も少なくないかもしれない。が、ここで彼をとり上げるのは、さしあたって知名度には関係なく、彼の小説のなかの反復が芸術をモデルにした典型的なケースとみられるからである。

では、彼の小説作品においては、どんな反復が起こっているのであろうか？

リカルドゥーは彼の評論集『言葉と小説』のなかで、自身の最初の小説『カンヌ展望台』を詳しく解説している。反復に関わる箇所を引用してみよう。
〈三角形とV字形。……それは、針金にかけた下着類や、船の帆や、レガッタのコースを示す三つのブイとか、繁みのあいだに開いたV字形の空間とか、エステレル連山のぎざぎざした尾根とか、波に向けて拵えられた砂のお城などを生みだしていく。このような三角の固定観念――三角のブラジャーや海水パンツ、塩がかわいて三角の縁飾りのように固まってしまったブロンドの睫毛、頬に三角にへばりついた髪の房、V字に広げた両脚など――の頂点には、海水浴にきた若い女がおかれている。〉

どうして三角形やV字形が反復されているのか？

リカルドゥーは、こう説明している。――反復することによって、ブロンドの若い女を暗示することになる。しかし、それよりも反復によって生みだされる〈倍音の組織網〉を読みとってほしい、と彼は読者に注意を促している。

リカルドゥーは、さらに次の評論集『小説のテクスト』で、三角形やV字形は発生体なのだ、と答えている。そして発生体はブロンドの女の暗示を主目的としているのではない。三角形やV字形は、ちょうど音楽における旋律のように、反復したり、他の旋律と組み合わさったり、共鳴したりする役割を演じているのである。

この発生体というのは、たとえば「三」という数字でもいい。リカルドゥーの先達でアンチ・ロマンの作家クロード・シモンに『ファルサロスの戦い』という小説がある。リカルドゥーは、偶然めくったその小説の一ページに〈三本の明るい緑色の帯〉〈国際線の三台の長い客車〉〈立っていた三人のスペイン人〉等々、三が意図的にくり返し使われていると述べ、最後にこの本が三部に分けられていることまで指摘している。

次に、やはりリカルドゥーの先輩格に当たるロブ＝グリエの小説『嫉妬』における反復をみてみよう。

ロブ＝グリエが反復に意識的な作家であったことは、彼の第二作『覗くひと』の文中∞（無限記号）が至る所に現れることで明らかだし、またビュトールには「楽譜状」と評される小説があるように、アンチ・ロマン系が音楽に強い関心をもち、影響を受けていたことはここで改めて述べるまでもない。

『嫉妬』は、妻Aの行動に不審の念を抱く夫が、ブラインドの陰からひそかに妻Aを監視し、その行動を記録したものである。妻Aにはフランクという家庭もちの愛人がいる。

ところで彼らは植民地の山奥でバナナ樹の栽培を行なっており、その運営は、〈一年の十二か月にわたってまんべんなく収穫ができるように仕組まれているから、周期的な出来事が毎日のように起こり、定期的な細かい用件も、あちらこちらで、毎日のようにくり返される〉

つまり、彼らは一年の十二か月、反復の生活を送ってきているのである。だからまた、その生活環境も一年の十二か月変わることなく、伸び縮みする柱の影、こおろぎの耳をろうする鳴き声、剝げかかったペンキ、石油ランプの音、いろんな様態の百足、またAとフランクの四本の手、二人が町へ遠出したあとの空白、Aがフランクから借りた小説本、小説の筋の数多いヴァリアントのそのまたヴァリアント、Aの黒髪、Aの書きかけの手紙等々、それぞれが何回も反復されるのであり、読者は反復の饗宴に招き入れられることになる。

夫は物語の語り手であり、最初から最後の一行まで舞台に出っ放し、それで嫉妬は、この小説の全文、どの一行にも反復している、といっても過言ではない。

これは、いわば『協奏曲「嫉妬」』とでもいうべき小説である。

そして、音楽を聴いたときの感動をなんとか小説にも実現できないものかと切望している小説の書き手（は少なくない。私もその一人）にとって、この『嫉妬』は精巧きわまりなく、感嘆せずにいられないはずである。

それは音楽における反復をモデルにしていながら、追従してはいず、ただ質的相違があるという以外、まったく対等な独り立ちした芸術作品である。

私はこの『嫉妬』を反面教師にしつつ、小説独自の反復を実現した作品を書いてみたのだった。

（八章の後半を参照されたい。）

四章

ここで小説以外の分野における反復に目を転じてみよう。

哲学、歴史、心理、教育、政治、法律、経済、労働、農業、数学、物理、化学、生物、地学、医学等々、反復はあらゆる分野に見受けられる。一体、どんな役割を果たしているのだろうか？

この章では、私が前々から強い関心を抱いてきている二つの反復――絵画史上にエポックを画したキュビスムの反復、つづけて古今東西、人間の内奥において反復された最たるものであろう神をとりあげたキルケゴールの反復について少し詳しく検べてみることにしよう。


キュビスム、――まず概観しておこう。

ブラックとピカソが創始したとされるキュビスムは、その定義からして喧々囂々《けんけんごうごう》、派手なパフォーマンスや政治的策略、毀誉褒貶にさらされ、そして分析的キュビスム、サロン・キュビスム、総合的キュビスム、科学的キュビスム、抽象的キュビスム等々のいくつもの流派があり、とても一括りにして論じることはできない。――しかし、大勢としては「本質」また「絶対」が志向されていたのだとみていいだろう。

キュビストたちは主張した。――科学的遠近法は目くらましのイリュージョンである。印象派には基礎的構造や原理が欠けている。見かけの現実の背後にある秩序とエネルギーを探ろう。形の普遍的特性を抽出しよう。ブラックは言った。「私は絶対的なものを暴きだしたい。」

だからキュビストたちはプラトンの「イデア」、カントの「ア・プリオリ」、ベルクソンの「直観」に強烈な関心を抱いた。「イデア」においては、彼らは移ろいやすい感覚的世界を超えた永遠で理想的な形・本質を希求した。「ア・プリオリ」においては、ごく少数の絶対的形式の組合わせによって自然全体を表現しようと試みた。「直観」においては、知性よりもさらに根源的な意識に熱い視線を注いだ。

若い日のブラックに深甚な影響を与えたキュビスムの父セザンヌは、自然を円筒形、球形、円錐形に還元したことで有名である。周知のように、セザンヌのいくつかの絵画には円筒形、球形、円錐形が反復されている。だが、なぜ円筒形、球形、円錐形なのか？ 当時からそのあいまいさは指摘されていたし、現在ではそれが素描技法の簡便な教科書からの借用だったことが知られている。

今日の研究者によれば、先述の「イデア」「ア・プリオリ」「直観」も、それらの絵画への適用はかなりいい加減な仕方であったという。

しかし、もともと画家は理論や哲学的見解に基づいて創作するのではない。彼らはしばしば悪く思考して、良く行動する。ブラックは言っている。「藝術において価値あるものは一つしかない——説明不能なものである。」「絵画は思考を消去して完成する。」絵画は究極のところ感性に帰着するのであり、この感性が「至高の処、永遠の時」に到達し、観る者に美的満足を与えればいいのである。ここが、感性がすべてだとはしない小説と違うところである。

尤も現在では、その感性にもメスが入れられてきている。ある脳科学者は、キュビスムについて、まるで脳の活動を模倣しているかのようだ、と指摘している。脳は、たえず変化しつづける状況から永続的かつ本質的な特性のみを抽出する。そして「ピカソは事物の本質をつかみ、永続的な価値を創造した」と称賛されている。だが、キュビスムの作品は不十分であり、成功していない、とその脳科学者は言う。

というのも今日よく知られるようになった視覚脳という器官は、多くの異なる視点を一つの対象にまとめ上げることができるのである。キュビスムの作品は多くの異なる角度から見る対象を表現しているが、しかし今なお不快感を催す鑑賞者がいるのは、視覚脳のように対象の形・色・動き・奥行など多くの属性を時空的に重ね合わせることができなかったからである。

とはいえ、キュビスムの「本質」また「絶対」への志向は、試行錯誤しながらも疑いなく絵画を進化させたのであった。

抽象的キュビストといわれるモンドリアンをみると、この「本質」また「絶対」への志向は単純にして明快である。不適切な線や色はことごとく省き、あらゆる形を垂直線と水平線に還元した。垂直線と水平線はどこにでも存在し、すべてを支配している、直線は曲線よりも強く、奥深い表現だ、と彼は言う。（そんな彼の作品を鑑ると、画面全体が格子に仕切られ、そのなかの方形のいくつかに色彩を施しただけの単純な絵で、このごろ本の装丁に使われたりもしている。）

モンドリアンが生まれ育ったオランダは、「絶対」を探求するピューリタニズムの国である。また、オランダの風景は、自然というより人工的であり、何世紀にもわたって造られた道路や運河や堤防等々、縦線と横線が支配している。だから垂直線と水平線はモンドリアンの血肉に刻み込まれていたにちがいない。そしてモンドリアンにとって垂直線と水平線は「本質」であり、恒久的に反復される、至上の価値あるものとみなされたのだ。


キルケゴール著『反復』によれば、彼のいう「反復」は宗教的範疇のものであり、自然界や現世における「くり返し」現象は、真の反復ではない。彼の「反復」は、永遠なる神＝絶対者と不可分なのである。キルケゴールは言う。

〈反復は日々のパンである、それは祝福をもって満腹させてくれる。〉

〈ほんとに、もし反復ということがなかったら、人生とはそもそも何であろう？〉

〈神みずからが反復をのぞまなかったとしたら、世界はけっして生まれなかったであろう。〉

〈真の反復は永遠である。〉

一体、ここではなにが反復されているのだろうか？

いや、これらキルケゴールの言葉が指し示しているのは唯一のこと、人は「永遠なる神と共に」あれ、ということだ。反復とは、神と共にあった原初の完全無垢な状態へ帰ること、そこで失った自己をとり戻し、再びやり直すことなのである。『反復』のなかの青年は手紙に書いている。

〈わたくしの魂は本源にかえります。〉

〈わたくしはふたたびわたくし自身です、いまわたくしは反復を得たのです〉

五章

反復は、キュビスム、またキルケゴールにおいてみられたとおり、「本質」また「絶対」に深く関与している。そして「本質」また「絶対」は、人間にとって至上ともいえる価値があるからこそ永続的に反復されるのである。

その他の分野においてはどうか？　反復はどうみられているのか？　――瞥見してきただけであるが、それでも反復についてこれまでになく興味深い認識を得ることができた。と同時に、私は反復それ自体のことも考えさせられた。

そのときどき手帳に書き留めたメモやノートがあるので、ここにそれらのいくつかを拾いあげてみよう。

〈反復がなければ、われわれは様々な状況の構造を認識し、それらと相互作用することなど決してできない。〉

〈反復は、身体構造や精神組織の機能のうちに潜在している。〉

〈混沌とした状況の打開に臨んで、反復は方法的に役立つ。〉

〈反復の多くはものごとの本質に根ざしており、人間の本性や活動から切り離せない。〉

〈生長するもの、運動するものには、その変化を可能にする形態的安定性が欲求される。反復はしばしばその形態的安定性に寄与する。〉

〈反復は、異なる経験領域を結びつける。〉

〈反復は、現実のなかに隠されている根本的な法則を発見する。〉

〈反復は、生きものである。〉

〈反復は、それぞれ特有の自己主張をもっている。〉

〈反復は、反復を通して本質に迫るばかりでなく、自らが本質的役割を果たしている。〉


先にも一度ならず言ったように、私は芸術における反復に今なお執着している。けれども今回、他のいくつかの分野の反復に接してみると、小説とは隣り合っている芸術の分野における反復が華々しく活用されているからよく目についただけで、実はその執着は、芸術の、というより、もともとは反復それ自体に魅かれていたからではないか、と思われてきた。昔々に遡ってみれば、どの反復も起源を同じくしていたのではないか。

いつだったか、テレビで動物映画を観ていると、あるシーンで、一頭のライオンが針鼠に付きまといはじめた。子ライオンが接近するたびに、針鼠は体を丸め、栗のイガのように鋭い針状の毛で覆った背面を反復させた。それは針鼠にとって完璧な防衛態勢だったろう。やがて子ライオンは根負けして歩き去っていった。

このとき私は思った。――反復は単に前どおりのことをくり返せばいいのだから、力の無駄使いをせず、一途結集して危機に臨むことができる。完璧な防衛態勢には、反復が必至なのだ、と。団子虫は外敵に襲われるたびに丸まり死んだふりを反復させる。坂を転がり下って逃げるのだから、針鼠より労働効率がよさそうである。

縞馬の縞模様は、林や繁みなどの背景に似せてあり、紛れこんで外敵の目をくらませる。縞模様という反復するものは体表に付着してしまっているのだから、団子虫より手抜きしているとみていいのかもしれない。

ところで、幸運にも当初からその縞模様の付着していた縞馬ばかりが今日まで生き延びてきたにはちがいない。が、無機物の結晶すなわち無限に反復される内的パターンさえ環境とのバランスがその形の成長を左右するといわれるのだから、たぶん縞馬の縞模様もいつか、どこかで創出されたのではないか。

このように反復が体表に付着されるようなことが起こっていたとなると、私たち人間においても、前世から延々と受け継がれてきて今や生得と同一視されてしまっているものが少なからずある、反復もその一つなのではないか、と考えてもおかしくしない。

かつて生殺の際どい場面で発生した反復が満足の結果をもたらし、痺れる歓喜を味わわせてくれた。だから着物の柄の幾何学模様や建物の壁面装飾の反復を目にしてすら、そのたびに私の裡には原始の反復が覚醒するのかもしれない。

六章

では、小説における反復は、どうか？　小説の場合も、反復は本質に深く関与しているのだろうか？

これまで他の分野でみてきたように、反復は生きものである。小説の場では、どんな活躍をしてくれるのか？

反復は、人間が遭遇した重大な局面で必ず発生し、持続しているのではないか？　人生において、反復のあるところ大事あり、大事のあるところ反復があるのではないか。

反復が本質に深く関与しているというとき、私がただちに想起するのは、私たちにはおなじみの『水戸黄門』や捕物帳のような「勧善懲悪」パターン、また探検ものやミステリーはじめ、大半の小説がそうではないかとさえ思われる「宝探し」パターンのことである。これらのパターンは作品構造に組み込まれている。

『狭き門』や『田園交響楽』でその名が知られているA・ジイドの代表作『贋金づくり』は、「紋章のなかの紋章」（または「劇中劇」）パターンが作品構造をなしている。作中に登場する作家エドゥワールは彼の日記に『贋金づくり』という小説を後追いで書きはじめており、さらにはジィド自身が『贋金づくりの日記』を書いていた。その上、『贋金づくり』には、音楽のフーガ技法も採用されている。（ついでながらジィドは筒井康隆と同じようなことを言っている。「わたしには、音楽でできたことが、なぜ文学でできないかがわかりません。」）

次に、そのパターンの反復の例をみてみよう。

アルゼンチンの作家J・コルタサルの『続いている公園』『夜、あおむけにされて』、この二短篇には「メビウスの環」パターンが反復している。

『続いている公園』では、本来、本の中の出来事と現実は同じ一枚の紙の裏表のように出合うことがないはずだが、この作品では地続きになっているから「メビウスの環」なのである。『夜、あおむけにされて』では、主人公は別の時空間の夢と現実を往復している。

F・カフカの『変身』『審判』にも「メビウスの環」が見い出される。『変身』のグレゴールは毒虫になり、『審判』のヨーゼフ・Kは突然逮捕され、その時を境に非日常的世界へ入り込んだ。とはいえグレゴールは両親と妹のいる家の一室で寝起きし、ヨーゼフ・Kは銀行員として勤めており、二人は日常的世界の住民でもある。日常と非日常を行き来しているのだから、メビウスの環の通路があるのだろう。

「メビウスの環」は、まったく異なる内容の両作品に入り込み、反復している。このパターンは作品構造をなしており、これを外して作品は成り立たない。だから小説に本質的に関与しているのである。

小説における反復について、小説作品から引用すると読者にも親しみやすくていいのだが、それでは本稿が無暗と長くなるので、ここでは一例だけとり上げるにとどめる。

〈忽ち赤い郵便筒が眼に付いた。するとその赤い色が忽ち代助の頭の中に飛び込んで、くるくると回転し始めた。傘屋の看板に、赤い蝙蝠傘を四つ重ねて高く釣るしてあった。傘の色が、又代助の頭に飛び込んで、くるくると渦を捲いた。四つ角に、大きい真赤な風船玉を売ってるものがあった。電車が急に角を曲るとき、風船玉は追懸《おっか》けて来て、代助の頭に飛び付いた。小包郵便を載せた赤い車がはっと電車と摺れ違うとき、又代助の頭の中に吸い込まれた。烟草屋の暖簾が赤かった。売出しの旗も赤かった。電柱が赤かった。赤ペンキの看板がそれから、それへと続いた。仕舞には世の中が真赤になった。そうして、代助の頭を中心としてくるりくるりと燄《ほのお》の息を吹いて回転した。代助は自分の頭が焼け尽きるまで電車に乗って行こうと決心した。〉

これは漱石『それから』結末の一節である。読まれてのとおり山場のシーンであり、そこに「赤」の反復が発生している。

概して反復が現われると、その場面は引き締まった、密度の高い、一次元上のレベルのようにもみえる。そして、それはなぜだか、より本質的なものに感じられる。

本質という言葉はいろんな使われ方をしている。だれにでもすぐ分かる場合もあれば、たとえば「戦争の本質」のように、複雑であるばかりか、いまだに答が得られないものもある。

小説の立場からみて、本質とは何なのか？

それは難解な「戦争の本質」にも匹敵する「人間の本質」だろう。

今日では、総じて生まれつき具わっている能力をその人間の本質とはみられなくなっている。

では、人間としての本質とは、どういうものなのか？ そのことはどんな小説家にとっても最大の関心事といっていいだろう。

これまで私たちは生きている場において、そこでは何が問題なのか、その本質を捉えなくては苦境から脱却できない経験をいくつもしてきているが、改めてもう一度、なにを、いかに書くべきか、という原点に立ち返ってみなくてはならない。

——なにが本質的であり、いかに本質的に書くか？

ここでちょっと寄り道に入らせてもらおう。

あることが本質的かどうかは、そのことが「覆水盆に返らず」となったとき明白になる。

私は小説作品を読んで評価するとき、私なりに三本のモノサシを使う。
(A) すでに書かれていることを書いた。
(B) まだ書かれていないことを書いた。
A作品について、「こんな小説は、もう前にどこかで読んだ」という既視感はどなたも経験されたことがあるだろう。「類型的」「退屈」「月並」「陳腐」等々、と批判される。既成作家自らの二番煎じ、三番煎じの作品もAである。若手作家が自分ではBと意気込んで書いたものも、すでに先行作品があればAになる。

B作品には「新しさ」がある。「新しさ」は、これまでに無かったものを生みだしたのだから、創造である。けれども、なににせよ創造であればよいのではない。この世には「悪い創造」もあるからだ。（ちなみに「悪い個性」もある。）いわゆる創作料理も不味ければ二度と食べる気になれない。製薬会社では新薬を開発するため、日々新たな化合物をつくり出しテストしている。それは病気に効能のあるものでなければならない。それ以外はすべて「悪い創造」であり、価値なく、廃棄処分される。その最たるものは、周知のとおり、原子・水素爆弾である。

したがって小説作品においても、

（C）まだ書かれていない、価値あることを書いた。

という三本目のモノサシが必要になる。

ところがBとCの判別は、あまり精密には行なわれていず、B止まりのことが少なくない。本質的な問題を避けている。

現在私が取り組んでいる小説をCの観点から問いかけられたとき、私の「なにを、いかに書くか」が根底から覆されることもありうる。そのとき、私は否応なく本質的な問題に直面させられる。私はゼロから始めなくてはならないからである。

四章では、キュビスムの本質への志向、また夥しい量の偶有的な情報や属性を切り捨てて本質的な要素を抽出する脳活動をみてきた。

私たちの生きているこの世界がますます複雑多岐になっている今日、小説においても本質が追求されるべき時機にきているのではないか。移ろいやすい一時的な現象を離れて真に根源的なものを探索することはもちろん、加えて本質自体を問い直しつつの、いわば本質的小説の登場が期待されるようになるかもしれない。

そうして本質がクローズアップされてくると、反復の出番も頻繁になる。その役割が大きくなったり変わったり複雑になったりするだろう。

七章

反復は広範囲にわたり様々な事象と関連している。けれども当面、私の目的は反復一般についての結論を得ることではなく、まず小説における反復、小説独自の反復を探し当てることである。もちろん小説における反復とはいっても多種多様であり、一律に論じることはできない。まずは個々別々の反復に当たってみなくてはならない。

筒井康隆のリピート・ノベル『ダンシング・ヴァニティ』は、ありとあらゆる「反復」をとりあげようとの意図の下に書かれたが、その自作を解説した小論『反復する小説』では十四の反復が挙げられている。

私はそのなかから「象徴の反復」「出来事の反復」「ゲームの反復」「儀式の反復」「日常の反復」「演劇的反復」「回想の反復」――以上七つの反復を選びだして、それぞれ小説独自の反復はあり得るのかどうか探ってみたい。

象徴の反復。――

トマス・ハーディの小説『ダーバヴィル家のテス』中の「赤い色」の反復について、〈ではその反復する赤い色が何を象徴しているのか〉と筒井は問う。

〈それが何かを象徴していると感じた読者は、通常は「血」だの「処女喪失」だの「暴力」だのと考えるのだろうが、これもまたあまりにも安易な意味づけである。読者は赤い色の繰り返しに、何ともなく不吉さや不安を感じることだろうが、ではそれは単に「不吉さ」や「不安」でいいのではないか。〉

筒井は反復する「赤い色」の根拠のあいまいさを突いている。ここには小説独自の眼がさし向けられている。

（なお、通常、反復自体は隠れている。反復すること、もしくは反復するものによって、反復は表われてくる。ここでは、「赤い色」が反復するものである。）

この「赤い色」の反復は、まさしく三章でとり上げたリカルドゥーの小説『カンヌ展望台』における反復と同じパターンのものである。そしてそれは芸術をモデルにした反復であるから、

〈単に反復がなされているということのみに、読者は快を感じる〉と筒井は、それはそれでよしとしている。

出来事の反復。——

〈出来事が反復される場合、そこには偶然性と必然性のどちらかが伴う。同時多発の場合はあきらかに必然性が作用しているが、偶然の反復もまた、セレンディピティという現象に因っている場合が多く……果たして本当に偶然の産物なのかどうかが問われている。〉

〈悩んでいる問題の解決策があっちからやってくる確率は本人の悩みが深ければ深いほど、差し迫っていればいるほど大きいのである。これはやはり本人のセレンディピティ能力と言わざるを得ない。……似たような出来事が本人の身のまわりで連続して出来するのも、やはり本人のセレンディピティ能力であろうと思われる。〉

〈これ〉は偶然ではなく、必然の反復である。そして芸術よりも小説の領分であり、小説が対象とすべき反復ではないだろうか。

ゲームの反復。——

ゲームの反復は、作為的、恣意的であり、描く世界は現実に束縛されることなく、かぎりなく広がるが、

〈何度も戦闘が繰り返され、主人公の死のたびに時間と主人公たちの生が反復される。〉

〈このようなゲーム的リアリズムの小説が文学になり得るかという疑問が起るのは当然のことだ

ろう。何しろそこでは、ある意味読者でもある主人公が、死んでもまた生き返り、人生をリプレイすることができるのだ。〉

むろん小説の定義にもよるだろうが、〈文学になり得るかという疑問が起る〉のは、どうしてなのか。私たちが小説に期待するのは、もともと小説が虚構でありながら、しかも現実的であるからなのだ。必然であり現実の法則性にも合致した反復は、小説にしか書き得ないからである。（八章の後半を参照されたい。）

儀式の反復。――

恒例の儀式や年中行事や業界のパーティー等、

〈小説におけるこれらの反復はアイロニー、滑稽、空虚さなど、さまざまなものを表現することになる。現実に生きている人間や、また作品内に登場する人物たちにとっては毎度のことなので目新しくもなければ時に退屈でもある営みである。〉

日常の反復。――

〈それもやはり日常に対するアイロニーであることが多い。〉

〈時には儀式の反復とも重なりあう形で、日常の空虚さや惰性的日常を強調する場合もある。〉

〈特に保守性の強調〉

「儀式の反復」と「日常の反復」については、改めて九章でとり上げる。人生の大半の時間を占める職業、また労働におけるルーチンワークと同類であるとみることができるのであり、これらを人間の一生全体の過程のなかの部分として単独に切り出して批判するにとどめてはならないのである。

演劇的反復。——

〈舞台俳優の日常は反復の日常である。だがそれは微妙な変化を伴いながらの反復だ。公演を重ねるにつれ、演技者同士が影響しあうことによって、演出家のダメ出しによって、観客の反応によって、また演技者自身の気持ちの変化によっても、少しずつ違ってくる。〉

これは、反復すること（演技）の内実が微妙に変化しているという指摘である。

回想の反復。——

〈以前あったいやなことを何度も想起することには、反復のたびに自分を宥めたり正当化したりするという癒しの効果を伴っている。また逆に、思い出すたびに腹の立つことなどは、反復によって怒りが倍加したりもするから、癒しどころか精神的に負の効果を与え、非生産的な復讐の意を強める場合すらある。〉

回想は何度も反復する。が、筒井は演劇的な反復と同様、反復すること（回想）の内実が固定していず、反復のたびに変化していくということに注目している。

次章で述べるように、かねてより私はこの反復すること、もしくは反復するものの内実の変化という事実には強く惹かれていて、いくつかの事例を集めてきているが、ここでまた二つの証拠を得ることができたのである。

八章

さて、前章でみてきた筒井康隆の小論『反復する小説』のなかの七つの反復のうち、まず「演劇的反復」と「回想の反復」から抽き出した反復すること、もしくは反復するものの内実の変化、次には「儀式の反復」と「日常の反復」から抽き出した反復すること、もしくは反復するものの形骸化、——この二点に的をしぼって、さらに追求してみたい。

一つ目、反復すること、もしくは反復するものの内実の変化について。——

私はその一つの事例として、私の小説『固い点へ』に登場するセールスマンをとり上げる。が、その前に、蓮實重彦『文学批判序説』のなかの小川国夫『試みの岸』、後藤明生『挟み撃ち』を紹介しておきたい。

蓮實はこれらの作品について、〈同一の中心をそなえた構造〉に着目し、きめ細かな解剖を行なっている。が、私は当面、ただ反復という観点からのみこの二作品についての考察をすすめる。

『試みの岸』は、「試みの岸」「黒馬に新しい日を」「静南村」の三篇からなる連作集の標題である。それぞれ自立した中篇で、主人公は十吉、余一、佐枝と違うが、三人とも足頸に手ひどい傷を負う。〈純粋に足頸のみが生きうる体験としての冒険譚〉である。

〈だが、ひとたび足頸が名指されるとき、彼らの間に不意の融合が、同化が可能になるのだ。十吉は、余一や佐枝とともに、足頸を介して同じ一つのやり方で個々の中篇の成立に加担し、作品『試みの岸』の統一に貢献するのである。〉

ところで、手ひどい傷を負った「足頸」という反復するものは、一作目「試みの岸」、二作目「黒馬に新しい日を」、三作目「静南村」と経るにしたがい、その内実を変化させていく。

同じく後藤明生『挟み撃ち』では、主人公は〈まだ書かれてはいない言葉とすでに書かれてしまった言葉〉に、〈肯定と否定の返答〉に、〈外界と内面〉に、〈戦後民主主義と生きのびた日本精神〉に挟み撃ちされる。

この場合も、「挟み撃ち」という反復することは、さまざまな挟み撃ちに遭遇するたびにその内実を変化させていくのである。

今日では、『試みの岸』のような、各作品が自立していながら同一の中心を備えている連作集は別に珍しいものではない。一つのテーマが複数の作家によって多角的にアプローチされる形式も一般化している。

ただし、それらがときに恣意的ともみられる場合、改めて小説独自の役割ということを考えさせられる。（本章の後半を参照されたい。）

私はここで、必然であり現実にも則った反復の見事な例として、小川国夫が敬愛していた志賀直哉の『城の崎にて』を挙げておきたい。

『城の崎にて』は、よく知られているように、山の手線の電車に跳ね飛ばされ大怪我をした作者が、一人で城崎温泉へ出かけ、その療養中に蜂、鼠、ゐもりの死を目撃する短篇である。

ある朝、一疋の蜂が宿の玄関の屋根で死んでいた。

〈忙しく立働いてゐる蜂は如何にも生きてゐる物といふ感じを与へた。その傍に一疋、朝も昼も夕も、見る度に一つ所に全く動かずに俯向きに転つてゐるのを見ると、それが又如何にも死んだものといふ感じを与へるのだ。〉

その蜂は三日ほどそのままになっている。冷たい瓦の上に一つ残った死骸を見ることは淋しかった。しかし、それはいかにも静かだった。そして作者は、その静かさに親しみを感じるようになるのである。

ある午前、宿を出て散歩している途中、川を懸命に泳いで逃げようとしている鼠を見かける。首の所には魚串が刺し貫いている。

〈鼠は何処かへ逃げ込む事が出来れば助かると思つてゐるやうに、長い串を刺された儘、又川の真中の方へ泳ぎ出た。子供や車夫は益々面白がつて石を投げた。〉

静かさの前に、あんな苦しみのあること、死後の静寂に親しみをもつにしろ、死に到るまでのあのような動騒は恐ろしいことだ。しかし、と作者は思う。いま自分にあの鼠のようなことが起こったら自分もやはり鼠と同じ努力をしはしないか。

また、ある夕方、小川に沿って歩いていたとき、ゐもりを見つけた。驚かしてやろうと小鞠ほどの石を投げた。

〈石はコッといつてから流れに落ちた。石の音と同時にゐもりは四寸程横へ跳んだやうに見えた。ゐもりにとつては全く不意の死であつた。〉

作者はしばらくそこにしゃがんでいる。そのうちに、ゐもりの身に自分がなった心持を感じる。作者は偶然に死なかった。ゐもりは偶然に死んだ。そして、そのあと、生きていることと死んでしまっていることと、それは両極ではない、それほどに差はない、という気がしてくる。

電車事故によって強く意識されるようになった死が、蜂、鼠、ゐもりを惹き付けたのである。これら三つの死は偶然に起こった出来事だったろう。が、危うく死ぬところであった作者には必然の反復となった。そして、死という反復することは、蜂、鼠、ゐもりを経るにしたがい、その内実を変化させていったのである。

さて、では私の小説『固い点へ』に登場するセールスマンにもどろう。

このセールスマンが入社して外回りをはじめたころ、彼のなかに「セールス」という一つの反復が発生する。

というのも、セールスは彼の業務であるから、当然のこと彼の一日の大半を費やしており、そうして「セールス」は彼のうちにくり返し出没し、他のなによりも彼の時空間を占拠していた。

「セールス」には最前線で活躍してもらわなくてはならないのである。五章の針鼠は、子ライオンに針状の毛で覆った背面を反復させたが、このセールスマンもお客に生死を賭した場ではないにしろ同質の反復で臨んでいたろう。彼自身、セールスに関するもろもろのことにはひどく敏感になり、またそれらは類が類を招くように互いに引き付け合い、「セールス」へと一に集中しようとしていた。

「セールス」は日々初めて体験する事態に出くわし、なにかを取り込んだり放出したりして自己更新していく。だから「セールス」＝この反復することとの内実は固定していない。

　このような反復は、芸術では発見できないだろう。たとえば音楽の反復においての転調とか変奏とかデフォルメ等、それらはそこでエンドとなるのに比して、小説での反復の内実の変化は終点が未定であり、個々人によっては現に今も進行中かもしれないのである。

　ところで『城の崎にて』では、蜂・鼠・いもり……と数珠つなぎのような「死」が反復している。が、「死」が反復して、終点が未定の一連の系、いわば「死」系パターンは、ちょうど「宝探し」パターンや「メビウスの環」パターンと同じように、他の小説作品、——ここでは私の『固い点へ』においても反復しているのである。

「死」系パターンについては、その「　」内にいろいろな反復すること、もしくは反復するものが入り得るから、広く通用できる「x」系パターンとしよう。

「x」系パターンを恣意的に採用した小説は、いくつでも書くことができる。けれども、それらの小説は、「勧善懲悪」パターンや「宝探し」パターンの場合にみられるとおり、作品が玉石混淆になりがちである。

「x」系パターンは、現実のなかに見い出さなくてはならないのである。「x」系パターンを必然たらしめている状況のなかに、人間が生活している。私たちは、この世界のどこかで反復しているこのパターンを探し当てなくてはいけない。それで一つでも多く見つかれば見つかるほど、それだけこのパターンは人間に必需だったことになるのである。

その状況のなかから、もしも「x」系パターンが抜け去ったなら、そこに生活している人間は立ち行かなくなる、——そういう事態が起こるなら、このパターンは人間にとって本質的な関係を有していたことになる。そして、それがそうなのかどうかは自分の目で見、耳で聞き確かめることができる現実によって証明されるほかない。

『固い点へ』の作品形式は、従来には見られない形式に変革せざるをえないだろう。〈形式は自己にとって外在する内容に対立するものとして定義されるが、構造は内容をもたない、というのは内容そのものだからである。〉

これは構造主義的な見方だが、まさしく『固い点へ』にもみられる。『固い点へ』においては、「セールス」が反復するが、「セールス」系パターンも反復している。この作品では、「セールス」以外にも「労働組合」「女性」の二つの反復要素が加わっており、それぞれが反復するばかりでなく系パターンも形成しつつある。そして、これら三つは作品構造に分かちがたく入り込み、他を押しのけ、他のなによりも作品の時空間を占拠し支配している。（実のところ、まだ中小の反復および系パターンがいくつも発生し続行しているが、これらも任意のものではなく、現実に則っているから、うかつに省くことはできない。）

以上、みてのとおり、この作品には夥しい数の反復および系パターンが躍動しており、作品構造はダイナミックで実践的、内容そのものなのである。事実、反復は『固い点へ』のどの一文にも関わっているといって過言ではない。反復が持続すると、その人の時空間には軌道ができる。そして後年、彼がこの当時を顧みたとき、びっしり詰まった反復および系パターンが生きた証しとして見い出されるだろう。

ここでまた、人間としての本質とはどういうものか？　という問いに直面させられる。通常、本質は永続的な価値があるものであり、だからこそ反復するのだが、これら三つの場合は先に反復が起こっていたのである。もしかすると反復が継続するうちに本質となっていくようなことがありうるのだろうか？

いや、なによりも先に、ここでの反復の質が問われることになろう。任意のものか、それとも必然であり現実に則っているものかが。

このようにも考えられる。

セールスマンの彼はこれら三つと共に生きていて、それ以外には生きていない。生きていないところには本質もなにもない。となると、少なくとも本質を求めようとするなら、それはこれら三つのところにしかないはずだ、と。

九章

二つ目、反復すること、もしくは反復するものの形骸化について。――

私はその一つの事例として、私の小説『甲羅』に登場する宣伝部社員をとり上げてみよう。彼の仕事内容の詳細は省くが、主要な業務は広告の原稿作成であった。それは創造能力をほとんど必要としない、極言するなら複写作業だった。そして、反復はどうやら二重にもなっていた。複写とは反復することであり、彼はその作業の日々を二十年余り反復してきたからだ。

この反復の業務は、結局のところ、労力をさほど消費しない。変化も、予測も、冒険も、したがって危険もない。けれども、そうして二十年余りが経つと、これは強制的な反復だ、と思い知らされてくる。退屈や嫌気や苦痛に耐えなくてはならない。が、限界を予感させられた。彼の業務は規則化、慣習化、固定化から形骸化へと向かっている。これ以上耐えつづけていると、体が叛乱を起こしそうだった。

それにしても、この反復はなぜ人を退屈にさせ、嫌気を起こさせ、苦痛を覚えさせるのであろうか？　一つには彼の頭脳や身体が部分的にしか使われていないからだろう。活動停止させられている神経や筋肉などに欲求不満が鬱積しているからにちがいなかった。

一体、この強制的な反復はどこからくるものなのか？　もっと徹底して解明する必要がある。前々からよく知られている工場労働者の作業はいうまでもなく、たとえば教員の授業や主婦の家事の、個々人の創意工夫はされているにしても、大半を占める反復労働には精密な検討が加えられなければならないだろう。

反復を存分に楽しませてくれる二十世紀オランダの版画家M・C・エッシャーは、「コントラスト」という視角からこの問題にアプローチしている。反復は、コントラストを消失させてしまうのである。

〈生命は、五感がコントラストを知覚できるかぎりにおいて存続が可能なのです。「一本調子の」オルガンの音があまりにも長く続くと、耳には耐えがたくなるように、目にとっても延々と続く無地の色の壁は、雲ひとつない空でさえ（仰向けに横たわって太陽も地平線も見えないときのように）耐えがたくなるものです。〉

〈その「無」の光景にはコントラストが完全に失われていて、目にはそれを支えたり、休んだりする点を見つけることができません〉

その結果として人はついには発狂してしまう。

エッシャーは「コントラストの消失」が古代文明の時代、犯罪者の拷問に用いられていた例をあげているが、私たちはすでにカミュ『シーシュポスの神話』やドストイエフスキー『死の家の記録』のなかに、この反復刑を見い出している。

またエッシャーは、〈同一形状片の規則的な反復〉について、こう述べている。

〈時間にせよ空間にせよ無限の中に深くわけ入っていくとき、私たちは自己の進行を確認するために、何等かの固い点を必要とする。私たちが時間や空間を分割するのは、まさにこのためにほかならない。そして、丁度時計が無限の時間の中で刻々と時を刻むように、このように分割された固い点である同一形状片の規則的な反復は、私たちに無限における進行の確認を与える。〉

先の宣伝部社員は彼の宣伝業務を在籍して二年ほどでマスターしたから、それ以後は〈同一形状片の規則的な反復〉を続けている。

エッシャーは「固い点」の位置づけと役割を明らかにした。

しかし小説は問う。――「固い点」はあくまでも進行過程のなかの一通過点である。ところが「固い点」はその役割を果たしたからといって消滅してくれるとはかぎっていない。執拗に存在しつづけ、私たちを囚えて離さないことが起こりうる。

それは一体、どういうことなのか?

私には、それは外からのなんらかの圧力によって強制されているとしか考えられない。そのため私たちは「固い点」に閉じ込められ、先へ進めず、いたずらに年月ばかりが経っていく。

ここで私は、反復をこれまでとはまったく別の角度から大きく二種に、――適合的な反復と、強制的な反復とに分けてみなくてはならない。

　前者の反復については、すでに詳述してきた。問題は後者、強制的な反復の場合である。それが一年とか二年ではなく、十年も二十年もとなると、先述の犯罪者に科せられた反復の拷問、——私たちは罪を犯したのではないからそれよりは緩慢ではあるけれども、延々と続行される反復刑を受けていることになるのではないか。

　にもかかわらず今日、その反復刑を世間の人々、そして自分自身さえも当たり前のことのように見ている。

　なんとはなく疎ましく感じている強制的な反復であるが、それはすでに人を侵しており、私たちにはその正体がよく分からないまま、ただその人を通して垣間見られるだけである。そうして皮肉ったり、滑稽がったり、その惰性や保守性や空虚さという本質を直感しながらも、それ以上には暴こうとせず、日常ありふれたこととして受け入れている。

「固い点」から脱却できないでいればいるほど、次への時空間は狭められて、自由はますます縮小せざるをえなくなるだろう。

　しかし小説の書き手である私の関心は、「固い点」に囚えられ、どれほどに長い年月にわたるかしれないが、その間における自由についてである。

〈我々はこの進化の或る一時期を一つの固定した眺めの中に集中させ、それを形態と呼んでいる。〉とベルクソンは『創造的進化』のなかで述べている。〈けれども実を言えば……むしろ形態などは存在しない。というのも、形態なるものは不動なものであるが、実在は運動であるからである。実在的なものは、形態の連続的変化である。〉

私たちは実在であり、実在は自由なのである。

ところで自由は来たる解放の日を待ちつつ息も絶え絶えながら辛くも生きているうちに、とてつもなく歪んだ自由が発生するかもしれないのだ。

私は『固い点へ』の続篇として予定している『固い点から』では、まだ一字も書いてはいないが、そんな自由をとり上げ、強制的な反復と対決させてみたい。

〔参考文献〕

『反復する小説』（『新潮』二〇〇八年五月号）筒井康隆

『藝術論集』アラン／桑原武夫訳

『文学とは何か』サルトル／加藤周一訳

『言葉と小説』J・リカルドゥー／野村英夫訳

『嫉妬』ロブ＝グリエ／白井浩司訳

『キュビスム』ニール・コックス／田中正之訳

『脳は美をいかに感じるか』セミール・ゼキ／河内十郎監訳

画集『モンドリアン』解説＝ハンス・L・C・ヤッフェ／乾由明訳

『反復』キルケゴール／桝田啓三郎訳
『文学批判序説』蓮實重彥
『無限を求めて――エッシャー、自作を語る』坂根厳夫訳

あとがき

反復は、芸術の分野で広く活用されている。ところが小説の場合は芸術における反復に比べて表立たず地道であり、どこか相違しているように見受けられる。

小説は後発のジャンルであり、芸術から多くを学んできた。小説が芸術をモデルにすることはごく自然のように受けとられ、それで安易に模倣されてもいる。しかし、だから二番煎じになりがちとなり、新鮮味に乏しいのではないか。

芸術の後追いをするよりも、小説が本来対象とすべき反復はあるはず、小説独自の反復を探りだし解明してみてはどうか。そうすれば、そのなかから反復的小説が生まれるのではないか。

ところで反復的小説は、本質的小説でもある。

私たちの生きているこの世界がますます複雑多岐になっている今日、小説においても本質が追求されるべき時機にきている。移ろいやすい一時的な現象を離れて真に根源的なものを探索することはもちろん、加えて本質自体を問い直しつつの、いわば本質的小説の登場が待望されてきているのではないか。

この本を読まれた方にはお分かりいただけたように、反復はあらゆる分野にわたり本質的な役割を任っている。

だから小説における反復については、すでに少なからぬ人たちが強い関心を抱いてきてもいる。にもかかわらずこれまでの小説家、評論家に敬遠されがちできたのは、何故なのか？

これからの新しい才能が、この問題に真っ向から取り組み追求してくれるにちがいない、と私は大きな期待をかけている。

二〇一七年二月

坂井　真弥

初出一覧

針鼠　『文藝軌道』　二〇一一年十月号
甲羅　『文藝軌道』　二〇〇九年十月号
狡い夢　『文藝軌道』　二〇〇六年十月号
警備員　『文藝軌道』　二〇〇八年十月号
スローモーな切断（上）　『文藝軌道』二〇一三年四月号
スローモーな切断（下）　『文藝軌道』二〇一三年十月号
　新稿
小説における反復（書きおろし）　二〇一六年十月

著者略歴

坂井真弥（さかい・しんや）
1934 年　愛知県生まれ。
1957 年　京都大学文学部仏文科卒業。
1970 年　東京大学出版会に就職。
1971 年 『家のなか・なかの家』で文芸賞受賞／筆名・本田元弥（河出書房新社刊）
1988 年　ノン・フィクション『疎開記』（晶文社刊）
1994 年　東京大学出版会を定年退職。

小説《しょうせつ》における反復《はんぷく》

二〇一七年五月二五日第一刷印刷
二〇一七年五月三〇日第一刷発行

著　者　坂井真弥
装　幀　司　修
発行者　和田　肇
発行所　株式会社 作品社

〒一〇二-〇〇七二
東京都千代田区飯田橋二ノ七ノ四
電話　(〇三)三二六二-九七五三
FAX　(〇三)三二六二-九七五七
http://www.sakuhinsha.com
振替　〇〇一六〇-三-二七一八三

本文組版　㈲一企画
印刷・製本　シナノ印刷㈱

ISBN978-4-86182-639-9 C0095